遲來的羽翼

いまさら翼といわれても

米澤穂信

Rappa 譯

目錄

出版緣起

駭High，在推理的迷宮中

編輯部

推理小說到底有什麼魅惑之力，能夠讓世界上無數的熱愛者爲之痴狂？是鬥智、解謎的樂趣？是抽絲剝繭，終於揭露眞相時豁然開朗的暢快？是驚嘆於陽光之外人性潛伏的深沉危機與社會百態的詭譎複雜？還是感佩於作家布局的巧思或高超的說故事功力？

好的小說只有一個評斷標準——好不好看（用文言一點的說法是「引人入勝」）。有的小說好看得讓人不忍釋卷，廢寢忘食，非一口氣讀完不可；有的則是讓人捨不得立刻讀完，寧可一個字一個字細細地咀嚼品味。

好的推理小說更是如此。

在台灣，歐美推理和日本推理各擅勝場，各有忠實的讀者群。推理小說是日本大眾文學的兩大顯學之一，也可說是日本大眾文學極致發展最具代表性的成熟類型閱讀，不但各大出版社都闢有「Mystery」系列，培養出眾多匠心獨運、各領風騷，甚或年年高踞納稅排行榜前茅的大師級作者，如松本清張、横溝正史，赤川次郎、西村京太郎、宮部美幸、東野圭吾、小野不由美等，創作出各種雄奇偉壯、趣味橫生、令人戰慄驚嘆、拍案叫絕、甚或影響深遠的傑作；同時也一代又一代地開發出無數緊緊追隨、不離不棄的忠實讀者。而台灣，在日本知名動漫畫、電視劇及電影的推波助瀾下，也有愈來愈多人愛上日本推理小說的明快節奏與豐富的情報功能，閱讀日本小說的熱潮儼然成形。

二〇〇四年伊始，商周出版（獨步文化前身）推出「日本推理名家傑作選」系列以饗讀者，不但引介的作家、選入的作品均爲一時精粹，更堅持以超強的譯者及顧問群陣容，給您最精確流暢、最完整的中文譯本與名家導讀，眞正享受閱讀推理小說的無上樂趣。

如果，您是個不折不扣的推理迷，歡迎進入更豐富多元的日本推理迷宮；如果，您還是推理世界的新手讀者，正好奇地窺伺門內的廣袤世界，就讓「日本推理名家傑作選」引領您推開推理迷宮的大門，一探究竟。從一根毛髮、一個手上的繭、一張紙片，去掀開一個角，去探尋、挖掘、對照、破解，進到一個挑逗您神經與腎上腺素的玄奇瑰麗世界！

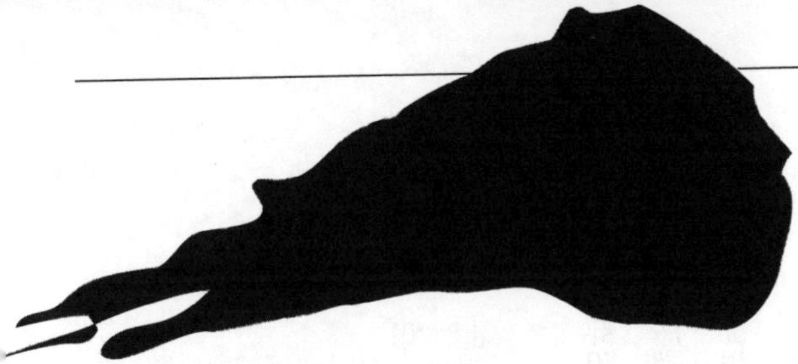

箱中的遺漏

1

我不是一個會清楚惦記著往事的人。要是跟我提起小學或中學時代發生過怎麼樣的事，我通常只是歪著頭感到狐疑。即使如此，還是有數件明明當時不只我在場，卻只有我記得清清楚楚的事。我搞不懂總有一天會遺忘的事與永誌不忘的事之間的差別。

梭巡記憶，在一片無盡延伸，不知道自己在哪裡做了什麼的曖昧之中，有時仍會存在鮮明的瞬間。這些瞬間幾乎都是體育祭、遠足或校外宿營，有時根本是我不怎麼感興趣的活動，當下雖覺無趣，事過境遷卻能在記憶中占有特別地位。我一方面感到佩服，一方面卻也發現那些平凡無奇、當下感覺自然而然且不值得大書特書的一日，我清清楚楚地記住某個非常渺小的細節。這與我對節慶活動那種像有頭有尾的記憶不同，極爲片段且缺乏前後脈絡，卻無法忘懷，就像老照片一樣難以割捨的記憶——譬如夏天我津津有味地盯著水溝匯流形成的漩渦看，或是冬天我縱情想像圖書館中我伸手不及的架上有著驚世駭俗書名的書籍，或秋天與同學在路上書店爭奪僅有一本的文庫本，隨後又互相禮讓——這一類記憶究竟跟無數遭到遺忘的經驗有何不同？

不過有時會直覺上身，感知到這一回或許將成爲難以忘懷的經驗。就連六月時吹著溫熱的風走在夜晚的城鎮中這件事，我想必也會永遠記著。不過要確認預感是否命中，也是十幾二十年後的事了。

事情的開端來自一通電話。

2

當天我作了炒麵給自己當晚餐。

雖然白日晴朗，傍晚卻出現烏雲，無法透過天空散熱，夕陽西下後氣溫也沒下降多少，是有點悶熱的夜晚。家人各有外務，我一人留在家裡。懶得煮白米飯，打開冰箱想用剩下的食材弄點吃的，於是發現了炒麵用的熟麵。

我還挖出萎縮的高麗菜、乾枯的金針菇與脫水的培根，便將材料大略切一切，接著在熱好的平底鍋淋上油，將麵條丟進鍋裡放著。鍋子冒出陣陣白煙，我有點擔心是不是乾燒了，還是耐著性子不時拌開麵條再炒幾分鐘。我將酥脆得恰到好處的微焦麵條倒到盤裡，接下來換成炒配料。料一熟，我拿起料理筷將配料撥到平底鍋的邊緣，在空出來的地方加上伍斯特醬燒開，香味瞬間飄開，廚房籠罩在炒麵的味道中。醬料淋在麵上稍微攪拌，晚餐大功告成。

我將盤子從廚房拿到客廳，拿出筷子與麥茶準備用餐。桌子上丟著一封給老姊的「三年I班同學會通知」，要是醬汁滴到上頭不知道又被唸什麼了。我將通知插入信插，就在我終於心無罣礙，合掌夾著筷子準備開動時，電話響了。

壁掛式時鐘上的時間正好七點半，在這種最適合晚餐的時刻打電話實在很沒禮貌。說起來現在只有我一人在家，接起電話，對方想找的人不在的可能性也很大。我本想忽視鈴聲朝熱騰騰的炒麵下箸，然而電話就是這麼煩人，想忽視反而會湧出奇妙的罪惡感。基於必要的事盡快做的信條，我輕嘆一口氣放下筷子，起身接起話筒。

「喂？」

「你好，請問是折木同學……」

我還以爲是老爸或老姊，話筒另一端卻傳來我熟悉的聲音。對方似乎透過聲音與反應察覺到我，拘謹的口氣轉爲平常的語氣。

「奉太郎是你？」

「對。」

「太好啦。我就知道奉太郎你不會出門。要是接聽的人是你那位老姊，我還眞不知道怎麼開口。」

福部里志很滿意這結果，但我可不滿意。

「抱歉，我跟你說話的每一秒，炒麵都在逐漸變冷。」

「你在吃炒麵喔！也太慘了！」

沒錯，超慘。

「你了解我的苦衷嗎？拜託快講重點。」

另一端傳來意味深遠的笑聲。

「奉太郎有手機就用不著這麼麻煩了。啊，抱歉，我不是要跟你說這個……我想找你散步，你等一下有別的行程嗎？」

我這個人沒夜生活可言，很少在晚餐後踏出家門。說歸說，倒不是從來沒在晚上出門過。回想起來曾與里志在晚上散步過一次。我再次瞥一眼時鐘估算時間，解決這盤炒麵要十五分鐘，換衣服跟其他有的沒的又要花一點時間。

「我沒事，八點可以出門。」

「這樣啊，太好了。我去找你吧。」

我在心中想像我與里志家的位置。提出邀約的人是里志，理論上可以要求他過來，但我也沒有爲難他的理由。我想起了與彼此住處距離差不多的明顯地標。

「……約在赤橋吧。」

「好啊。再讓你的麵冷下去就太對不起你了，剩下的見面再說。掰。」

通話乾脆爽快也沒頭沒尾地中斷了。大概發現再講下去會礙到我就索性結束對話，這很有里志的風格。

回到桌上，麵表層果然涼了。好在炒麵並非白白在鍋子裡受熱，上下攪拌個一、兩次，再度冒出熱煙。

月光穿透稀薄的雲層灑落，溼漉漉的風穿過住宅間的縫隙。我一度穿著羊毛襯衫跑出去，但吹著夜風仍覺熱意，便折回家換上棉襯衫。

斜紋棉褲的口袋放不下對折皮夾，懶得帶包包，但身無分文地出門又可能會在突發狀況下被里志請客，於是我從錢包抽出兩張千圓鈔塞進胸前口袋。拇指插進斜紋棉褲的口袋裡，在約好的八點出門，神山市的人很早就開始休息了，住宅區小徑一片寂靜。

不用趕路也能在十分鐘內抵達集合地點赤橋。赤橋其實是俗稱，另有正式稱呼，但由於整座橋塗得通紅而出現的綽號太好用，我都忘了原名。這附近有銀行、信用金庫與郵局，白天頗為擁擠，沒想過到晚上如此冷清。街燈照耀的赤橋上沒有任何人影。我原以為里志先到，正奇怪地四處張望時，突然有人從後方拍我的肩。

「……晚安。」

我不是沒被嚇到，但也沒到大吃一驚的地步。在橋附近未見里志時，潛意識中大概早已預期會被里志突襲了。我頭也不回，只說了：

「嗨。」

「眞無趣。你這人眞不可愛。」

繞到我面前的里志嘻皮笑臉，表情卻帶點苦澀。他正眼也不看我，將視線轉移到橋上，開口說道。

「我們找個地方待吧。」

「地點你決定。」

我沒什麼夜間散步的經驗，不熟悉固定行程。里志歪了歪頭。

「再往市中心過去是比較熱鬧……但我們也不能去居酒屋街。我不想被輔導。」

「這還用說，總務委員會副委員長大人。」

「沿著外環道走有一家二十四小時營業的家庭式餐廳。」

但外環道太遠了。至少腳踏車才去得了。里志的建議看來也非出自眞心，他邁開腳步，跟我這麼說。

「我們就隨便晃晃吧。」

我對這方案完全沒意見。

里志走過赤橋，踏上河邊小徑朝上游移動。或許經過梅雨時節的雨水滋潤，河川的水量變多，轟隆隆水聲傳入耳中。這一帶沒街燈，僅能靠從民宅窗戶透出的燈光及時而隱沒的月光觀看。不過我的眼也習慣起黑暗，側眼陸續瞥見老舊木圍牆上的破洞，在古色古香的酒商屋簷下吊著的杉玉（註），倒閉澡堂的歇業告示，緩緩漫遊在夜晚的城鎮。

河川兩岸進行護岸工程，人工坡面就像石牆。河岸那側密密麻麻地種植著行道樹，裡頭幾棵對陽光太過飢渴，整棵樹奮不顧身地傾到河面上。我不經意停下腳步，將手擱在一棵行道樹上。樹皮粗糙凹凸有致，葉片跟紫蘇差不多大。這是棵櫻樹。這一帶是賞櫻景點，這條走起來特別舒服的小徑，在花季想必十分熱鬧。然而現在只有我跟里志兩人步行過此，要是沒留心，也不會注意到花謝過後的樹木便是櫻樹。儘管令人感傷卻也莫可奈何，畢竟花季過了。

手抽離樹幹，我詢問里志。

「所以你找我有什麼事？」

我當然不認爲里志只是純粹想找我體會夜間散步的樂趣。

我們的交情算得上長久，卻不深厚。幾乎沒在假日約出來玩過，上學放學也只有在碰巧遇上時才同行。里志突然找我散步必有不好的隱情，還是不能等到明天再說的急件，或者不能在隔牆有耳的學校談論的祕密。

平常里志說話愛兜圈子，今晚卻沒這麼做。

「我遇上麻煩了。」

我再次邁開步伐並且開口。「我可不想被牽扯進麻煩裡。」

「這還很難說……至少立場很麻煩是事實。但最麻煩的是，現在我面臨的問題跟奉太郎沒半點瓜葛。」

我皺起眉頭，不懂里志這話想表達什麼。里志聳肩。

「就是我得找沒利害關係的奉太郎求救，這點很麻煩啦。」

「原來如此。也就是說陪你談這件事，對我來說……」

「會牴觸你『沒必要的事不做，必要的事盡快做』的信條。」

單論原理，里志的擔心有憑有據，但現在我連吃完炒麵都沒好好收拾就跑來夜晚的街上了。要是我會因爲事不關己就聽也不聽地拒絕求助，我老早就窩在家裡清洗被醬汁弄出焦痕的平底鍋了。

「你先說說看。」

里志點點頭。「那就恭敬不如從命了。今天不是選了學生會長嗎？」

註：利用柳杉針葉製成的大型球狀吊飾，日本的酒廠傳統上會在新酒釀成時在門前懸掛杉玉通知顧客，而顧客也能透過杉葉的枯萎狀態判斷酒的熟成狀況。現代一般酒商也會掛上杉玉當作招牌。

「……是啊。」

是幾小時前的事，在里志提起前我都忘了。所有課程與導師時間結束後，由於前任會長陸山宗芳任期屆滿，學校舉辦了學生會長選舉投票。

神山高中學生會長競選活動固定為期一周。這段期間內候選人會在校內張貼海報，在全校集會發表政論，午休時出席廣播社的主持研討會訴說各種觀點。這些競選活動已於昨日結束，今天只剩投票。

「你還記得候選人有誰嗎？」

在里志詢問下，我搜尋起記憶。

「有兩個人……不對，三個人吧。」

里志回我一個苦笑。

「我是在問你名字，沒想到你居然回答人數。有兩個人。不過大家記得的大概也就這樣吧。本校社團活動雖然異常興盛，學生會卻挺不起眼的。」

「是啊。兩名候選人都是二年級吧？」

「這你倒是記得啊。當然是二年級，四月剛入學的一年級與接下來就要大考的三年級，根本不會參選吧。」

原來如此，里志說得有理。

「這次選舉是D班的小幡春人與E班的常光清一郎單挑。奉太郎大概投完票就結束了，但我還參與了開票過程。」

我對神山高中學生會選舉的運作方式沒有興趣，聽到這卻也好奇。興趣多樣的福部里志為了玩樂而置身數個團體。具體來說有古籍研究社、手工藝社，而目前他在一年級時便加入的總務委員會中，還不知天高地厚地擔任起副委員長。而我再怎麼不熟悉組織架構，也還記得神高有選舉管理委員會。

「選管會怎麼了？」

里志似乎覺得我問得很好，露出笑容道。

「不用說，管理投票箱與開票是選舉管理委員的工作。我負責監票。校規裡規定的選舉規則中寫著開票時須有兩名以上的學生監票。不是選管也不是候選人的神高學生即具有監票資格，因此過去會讓志願者來監票，但在我入學時已經形成由正副總務委員來監票的慣例。想想也對，一個個找人多麻煩。」

里志的說明很流暢，但堅定的語氣反而可疑。誰教這些話是從里志口中說出來的……懷疑之際，里志彷彿接收到內心的電波，向我重申道：

「是眞的啦！我里志為人誠懇，不會說謊！」

「好啦。然後呢？」

「開票出問題了。」

這樣啊。

「神山高中現在學生總數，也就是符合投票資格的人，共一千〇四十九名。」

我入學時一年級學生總數是八班共三百五十人，三學年合計也差不多就是這個數字。

里志裝模作樣地嘆口氣。

「但統計完票數……我們發現一共投了一千〇八十六票。」

「……怎麼會？」

我忍不住回問。票數減少合理，就是有人棄權了。但增加是怎麼一回事？里志臉色凝重地點頭。

「這就不知道了。要是票比人少，考慮到選民缺席、早退或棄權，少再多張票我們都不會掛心，然而票數比有投票權的選民人數還多，這下可不能解釋爲出錯或發生意外。」

里志稍事停頓，又補上一句話。

「這是有不懷好意的人從中作梗。」

我什麼也沒說。

就跟里志說的一樣，光是聽他敘述，很難想像單純出錯。說對方不懷好意是有些誇張，說不定對方一時興起想惡作劇，不過的確有人透過某種手段灌票。

「實際上雙方得票差了近百票，若惡意灌票的票是廢票就不用說了，不管票是灌給哪名候選人，當選人都不會改變。但當舞弊成爲事實，選舉管理委員會認爲只能重辦一次選舉……至於是誰惡意灌票——我想就直接稱呼這個人爲犯人吧——我對犯人是誰並不感興趣。我們連關係人士都不知道有誰，根本不用妄想能找出犯人。我們需要知道犯人到底用什麼手段灌票。」

「……」

「傷腦筋的是選票用紙管理鬆散，誰都能仿製正式的選票……因爲選票只是在裁好的紙張上蓋章，圖章一直丟在會議室沒動過。沒人知道犯人怎麼把假票在計票時混進去。神山高中學生會長選舉的流程某處有漏洞。要是不塡補這個漏洞，未來恐怕還會重蹈覆轍，而就算補選看似風平浪靜地落幕了，我們也很難不懷疑裡頭有幾票是惡意灌票。」

「說得也是。」

「我也思考很久，但每個方向都觸礁，不解其中奧妙。所以才在晚上冒昧打電話聯絡你。」

里志說完了。

話都說到這份上，我差不多都明白了。我抓抓頭，仰望月亮從雲間露臉的天空，接著將視線投往腳邊，開口說道。

「我還是回去吧。」

小徑沿著河流直直延伸，一路經過兩座橋。我們朝著上游前進，不知道能走到多上游。不過若要踏上追尋這條河流第一滴水的冒險，現在時刻太晚了。

里志看起來不大意外。

「你要回去啦。」他說。「我果然太依賴你了嗎？」

我不覺得這算依賴，但我也沒義務。這點里志應該心知肚明，他大概是要我自己開口拒絕吧。

「光敘述給別人聽也可以整理自己的想法，跟我講倒是不打緊。不過既然如此你明天再來找我吧。我還得洗鍋子，再放下去我家都是炒麵醬料味。」

「來不及了吧。」

或許。回家以後我要把每個地方的窗戶都打開通風。

前方光亮逐漸逼近。是朝我們方向行駛的腳踏車燈。在與腳踏車擦身而過前，我們沒有人出聲。

最後，里志開口了。

「等到明天再處理更麻煩。明天早上前必須有點頭緒。」

「我能理解這件事的急迫性，畢竟最晚在放學前必須公布選舉結果。但那是選管會的工作吧？」我輕輕嘆一口氣。「我知道你在與我大相逕庭的幽默感下加入了手工藝社與總務委員會，聽到你成爲副委員長時我確實有點驚訝。我以爲你是抱著玩樂的心態執行委員會工作，壓根沒想過你居然接下幹部。有什麼事令你改變心意了嗎？」

「算是有吧。」

「這樣啊。該恭喜你嗎？反正就算你隸屬委員會身負重任，出了問題找我商量，我也很爲難。還是說你要告訴我：身爲神高生的一員，我也有義務需維持選舉制度？」

里志回我一個苦笑。

「我不會說那麼極權的話啦。比起來我這個人的個性還比較傾向官僚。」

「是吧？晚上陪陪福部里志出來散步也滿有趣的，不過要是副委員長想找人談工作的話，請你回委員會談吧。」

里志似乎也沒被我的話惹怒，卻也沒有跟我笑鬧，有點落寞地說：

「你還眞嚴厲。」

我的說話方式可能不夠體貼，但那也是里志自找的。他自己只肯說表面理由，我也只能故作見外，告訴他我沒這個義務。

見外的應酬告一段落，我瞥旁人一眼說道。

「你到底還有什麼事瞞著我？」

「什麼瞞不瞞的，你是什麼意思？」

撇開憑空冒出的問題選票，里志的話還有兩個疑點。一個我剛才也說過，爲什麼要找我來商量這件事？另一個疑點則是更基本的問題。

「少給我裝傻。選舉事務是選管會的問題吧？打從一開始就跟你無關不是嗎，福部副委員長大人。」

根據里志的說法，正副總務委員長僅是以監票員身分出席。選舉舞弊確實是問題，但里志這傢伙卻對想解決這個問題的理由三緘其口。

宣稱自己的個性比較傾向官僚的里志，不可能是純粹爲了伸張選舉公正性而越俎代庖。若是牽制選舉管理委員會的權力，想以總務委員會的身分介入問題……這種假設並非站不住腳，不過這種妄想可以乾脆拋諸腦後。儘管里志本人也承認自己升上二年級後心境產生變化，但我實在不覺得他內心深處跟著改變，平常再不正經也不會示弱的里志在晚上打來求助，表示這件事還有內情。

「你隱瞞了你自己想解開這謎團的理由。」

里志露出難以察覺的苦笑。

「眞是難逃奉太郎的法眼。」

我也笑了。

「這我怎麼會看不出來。一聽就知道其中必有詐。」

「也是。我本來還以爲騙過你了，果然行不通。」

里志踩著某種特殊的步伐，飛快地向前走幾步，轉身面向我後倒退走了起來。

「找你商量卻沒坦白一切，是我不好。奉太郎會生氣也有道理。我其實沒什麼好隱瞞的……就是心情有點那個。」

我很想告訴他光講「那個」誰聽得懂，但畢竟我們認識這麼久了，儘管令人火大，但我能懂他的意思。

「說得委婉些，選管的委員長是我沒什麼好感的類型。」

里志將手架在後腦勺娓娓道來。

「這人就是愛虛張聲勢，明明只是個高中裡頭的委員長。該怎麼說，他是非得告訴按普通步調做事的人『少給我拖拖拉拉』才肯罷休的類型。口頭禪是『少給我擅作主張』、『你自己判斷』，光今天開票就聽到五次了。」

我也不是沒見過這種個性的人，但還是第一次聽說同年齡層裡頭有。如果里志的分析正確，這傢伙堪稱我最頭疼的類型。然而里志又道。

「即便如此，就跟奉太郎說的一樣，那也跟我沒關係。」

「這麼說來……感覺還有另一名登場人物了。」

「你眞敏銳。」里志豎起拇指。

「是一年E班的選舉管理委員，名字我不知道。我可能聽過但忘了。是個做事乾淨俐落的學生，答話時總恭謹地說『好的』。雖然大概跟我不對盤，但明眼人都看得出來他是會妥善完成分內事，或至少努力完成分內事的學生。忘了說，他是男生。個子很矮，跟中學生一樣。」

「我差不多了解狀況了。」

「是嗎？你還是聽我說完吧。不知道是這個一年級效率很高，還是他的班級態度非常配合，他是第一個來會議室開票所的人。接著我自己是覺得委員長宣導不力，這位一年E班的學弟弄錯流程了。」

里志在自己的身體前方，作出彷彿抱著一個看不見的箱子的手勢。

「我想奉太郎投票過也知道，神高選舉是將票投進專用票匭。再把這個箱子拿到會議室……重點來了……要在監票人面前打開票匭。誰知道E班的學弟在我們這些監票人抵達前就打開箱子，把內容物攤在桌上。」

我略爲思考後開口。

「我覺得這聽起來也不太嚴重。」

「我也這麼想。監票人的工作主要是在票匭拿到每班教室前，以及從每班教室收回打開以後，確認箱子裡頭是空的。我也確認過E班學弟打開的箱子是空的，其實還算按流程進行。可是選管委員會長卻主張既然都在監票人缺席時拿出內容物了，我們無法斷言這箱的票沒被灌水。」

這樣啊。

「先不管流程，說E班的男學生是犯人仍有許多疑點。」

「每個人都這麼想吧，我也是。然而委員長不這麼想。他認定其他步驟全都按照流程，沒有混入假票的時機，選舉出錯只可能是他害的。委員長痛罵無法回嘴的學弟那語氣，眞是極其惡毒啊。」

里志的話告一段落，又精簡地補述一句。

「一年級都哭了。」

……原來如此。

明明既沒有人拜託也不屬於自己的職責，里志卻想爲了那名被選舉管理委員會長痛罵、硬是被推卸遠超過自己失誤責任的一年E班學弟，爲了那位連名字都不清楚的學弟，想證明還有別的時機能混入假票。

我實在目瞪口呆，僅說得出這句話。

「你……眞是本性難移。就想在背後逞英雄。」

他回我一個苦笑。

「別這麼說，我沒想這麼多，有點不爽罷了。然後讓我辯解一下，我原本也不覺得這件事非得仰賴奉太郎的智慧。這問題還在自己的能力範圍內，結果我錯了。我們學校的選舉意外地滴水不漏。」

「上次我跟你晚上出來散步時，好像也是類似的狀況。」

「啊……那次是國三時吧。好懷念。」

我望著福部里志。里志就跟平常一樣，身材瘦小有點不可靠的感覺，然而表情卻很不可一世。

這傢伙才不是什麼好人也不親切，也不重情義。但雖然外表看不出來，他對不公不義與不講理的厭惡卻是高人一等。有些事我可能覺得人生就是這麼一回事，不會放在心上，里志卻會不滿，盡自己所能導正。他的態度彷彿表示，正因爲一切全都按照倫理運行，我才能繼續胡鬧下去。

先不管這個，我總算了解狀況。里志不是因爲要使委員會順利運作以及神高選舉步上正軌必須面對這個課題才拖我下水，而要我助他一臂之力，給那個弄哭一年級的選舉管理委員長一點顏色瞧瞧。

里志怎麼不一開始就跟我坦白，我莫名惱火。一陣夜風吹襲而過。

3

緊貼著河流的小徑碰上民宅的木圍牆而九十度大轉彎，沿路走來的我們便來到T字路口。朝左右延展的道路與我們先前的步道不同，是有中央分隔線的雙向單線道，一旁有明亮的街燈照射。我平常不會到這一帶，但根據我的地理知識，右邊的路在經過住宅區後會來到我們的母校鏑矢中學，左邊的路一直走會通往鬧區。

里志停下腳步，用表情詢問我該往哪個方向。往鬧區走很可能因爲夜間在外遊蕩被懲處，但我不想接近中學母校。此時乾脆往左轉，到市中心前再改變方向就好。我一跨出步伐，里志默默跟在我身邊同行。

「所以，」我繼續話題。「在你想得到的範圍內，你找不出可以混進假票的時機。」

里志突然露出微笑，用幾乎聽不見的音量呢喃「眞是抱歉」，接著用平常那種悠哉的口吻在夜晚的街頭大叫。

「沒錯！我想了很多，但這套選舉系統再怎麼說也運作多年了，實在找不出漏洞。硬要說的話……我也不是沒想到一些可能性，但就是有點牽強。」

我很想聽聽牽強是怎麼一回事，但我連學生會長選舉具體怎麼運行都不清楚，聽了也未必能聽懂。現在還是從頭聽聽里志有什麼想法比較正確。

「請你從頭說起。」

「OK。我想想該怎麼開頭。」里志抱住手臂，裝模作樣地歪著頭。「就從這裡開始吧。票匭原則上都上鎖了。跟我剛才說的一樣，投票前把票從箱子拿出來以後，都會請第三者確認箱子是不是空的。」

「箱子鎖上時，也可以投票進去吧。」

「這是當然。其實奉太郎你投票的時候，箱子應該就是鎖上的狀態。」

我當然也這麼覺得，以防萬一還是確認一下。

「選舉管理委員會昨天放學後就從一樓的倉庫拿出票匭，搬到會議室。票匭放在特別大樓一樓的倉庫，奉太郎應該知道，就是裡頭還放著拖把或地板蠟的那個倉庫。選票用紙昨天就按照班別用橡皮筋捆好了。一到放學，所有選舉管理委員與監票人就到會議室集合，發放票匭的選管委員把票匭與選票用紙分發給各班的選管。我想你也知道，選舉管理委員每班各有一男一女，會議室裡頭有八班，乘以三學年再乘以兩人，共四十八人，加上監票員兩人，一共塞了五十人。」

「好擠。」

「是吧。接過箱子的委員給監票員確認過箱子裡空無一物，再給保管鑰匙的選管委員上鎖，在會議室內等候。等到所有班級的票匭都發放完畢，委員就在委員長一聲令下回到各自班級。」

我當然也見到票匭與選票用紙了。木製箱子很老舊，呈現琥珀色澤，外表看上去相當堅固，側面用雄健的毛筆字寫著「票匭」。選票用紙似乎單純是裁開影印紙製成，我拿到的選票還有一邊稍微裁歪。雖然上頭的確蓋著選舉管理委員會的章，印象中沒流水號。

「選舉管理委員在教室是怎麼做的，你也知道吧。」

「知道。」

在教室裡的選舉委員將投票箱置於講台，在黑板用粉筆寫下候選人，發下選票。選民在選票上寫完候選人名字後，或是決定好要投廢票後各自將票投入箱子中，每有一人投票，選管委員就在手邊的紙上以正字劃記。

我不太想打斷話題，以防萬一還是開口問。

「選舉管理委員的工作，包括確認出席人數吧？」

里志搖頭否定。

「聽說不會要他們算這個。重要的是學生總數與投票總數。」

也是。經他這麼一說，有多少人缺席，的確也與選舉管理委員的工作無關。

「規定要求選舉委員等到三十分鐘的投票時間結束，最後投入自己的票再把票匭拿到會議室，實際上在此之前就回來的委員也不少。畢竟確定班上所有人都投過票以後，也沒什麼好等的。這部分沒有嚴格按照規定執行，但要是委員抗議這是慣例，也無法反駁。」

也有道理，所有班級的投票箱同時送回會擠在一起。

「於是委員們三三兩兩地回到會議室，首先在記錄某年某班的箱子已收回的表單上登記。保管鑰匙的人用票匭的鑰匙打開箱子，選管委員再將箱子裡的選票全倒到桌子上。這桌子是拚起好幾張桌子上頭再蓋桌布，拿來當工作台。監票員確認過箱子裡頭沒有東西，就將箱子集中放置在會議室的角落。那些箱子等到隔天才會放回倉庫，反正不急著歸位。等桌子上的選票累積到一定程度，爲了隱瞞各班的投票走向要先將選票混勻一次，再均分給十名左右的開票員。以這次選舉爲例，開票員會一一將選票分別置於『小幡春人』、『常光清一郎』、『廢票』三個公文盒裡頭。票沒多少張，轉眼間就結束了。各種類的選票每二十張一束，用夾子夾起，同時將選票夾好的開票員彼此交換選票，互相確認過一束確實是二十張票後，再將選票出示給監票員。」

「還眞是嚴謹。」

「我就說吧？」

你現在是在自豪什麼？剛才你不是才再三聲明選舉跟總務委員沒什麼關係？

「之後計票員在白板上陸續計下票數。到開票結束為止大概花了四十分鐘。就在大家心想當選者誕生了，不知道誰說總票數不對勁，之後則一團混亂。」

我突然聽見低沉的引擎聲，交通流量不怎麼大的道路隨即出現一台跑車，用猛烈的速度飛馳而過。我冷眼目送輪胎發出摩擦聲，轉了一個彎遠去的跑車，里志嘆了口氣。

「剛才跟你說的程序，我都親眼見證了。攤在桌上的票總是有複數委員盯著，我實在不覺得有機會下手。也就是說在開票作業中不可能混入假票……這麼一來，只能猜測假票在一開始便已加進投票箱裡。」

「是啊。然而……」

「沒錯。就是這個然而。如你所知，神山高中一班大概有四十三、四名學生。增加的假票約四十票。要是將假票集中投進某班的票匭裡，就會出現將近其他箱子兩倍的票。雖然票從箱子拿出來的瞬間不算引人注意，要是票多一倍難免有人察覺。」

那如果沒多達一倍呢？

里志好歹放學後也持續思考許久，這種情形也他設想了。

「把假票集中放進某一班的票匭是行不通的。那如果分兩班放進去呢？我想應該也會有人察覺到異狀吧。如果分成三班灌票呢？還是乾脆分成十班，一班址多灌水四張票，這樣大概就不會被看穿了。」

「或許，但這麼一來還剩一個問題：那十個班級的票匭，又是誰在什麼時間點放進假票的？」

「是啊。」里志點頭同意，接著一臉若無其事地誇口：「老實說，我認爲犯人是選舉管理委員會裡的某個人。」

「喂，你不是想幫助一年E班的學弟嗎？」

「犯人不是那個一年級就對了。你想想看，只有這個可能性吧？畢竟會接觸票匭的人只有選管了。」

他沒說錯，選管的確能輕而易舉地在運送箱子時偷偷灌票。

「依照你的邏輯，事情就變成是有數名選舉管理委員互相勾結，在各自的箱子裡灌假票。理論上確實可行，但實際上眞的會發生這種事嗎？」

「所以我剛剛也說很牽強了。一兩個人就算了，九個、十個人共謀這種事，怎麼想都很不切實際。」

說到這裡，里志啪地一聲拍一下手。

「所以我束手無策了。雖然我也想到灌假票的方式，但若假設這個方法是事實，就必須承認選管內部存在著祕密組織。我若假設祕密組織不存在，就不知道票到底是在什麼時候靠什麼方式灌進去的。時間限制是到明天早上，考慮到還要四處打點，我希望能在今晚對犯人的身分有個眉目。我進退兩難，不禁就打給奉太郎了。」

4

在夜間城鎮裡行走的我們眼前，有盞紅色的燈光。我與里志同時停下腳步，暫時遺忘方才的話題，目光被溫暖的光芒所吸引。或許是我多心了，風中彷彿混雜著某種異樣的動靜。里志直挺挺地盯著那盞燈，文絲不動，只動嘴詢問我。

「你會不會餓？」

我緊盯著紅燈籠上頭黝黑的「拉麵」二字，默不作聲。

我未曾預料到離鬧區這麼遙遠的地方，竟然有這種陷阱。夜間的神山市危機四伏，乖寶寶眞應該把頭蒙在棉被裡趕緊進入甜蜜夢鄉。

「還是別做虧心事吧。」

「……你說的對。不可以做虧心事。」

三分鐘後，我們在狹窄的吧檯兩個人肩併著肩坐在一起。這家店品項很單純：拉麵、叉燒麵、餛飩麵，以及煎餃與啤酒。我點了拉麵，里志拿自己沒吃晚餐當藉口，點了餛飩麵配飯。老闆有著厚實的胸膛與古銅色的臉龐，頭上捆著白色毛巾，客人一點菜就會用發自丹田的響亮聲音大喊「好喔！」

店裡到處都沾染著油煙，本來應該是白色的壁紙也泛著黃光，但儘管模樣老舊卻絕不骯髒。原本還有其他客人，卻跟我們正好錯開，現在店裡只有我們兩名客人。我喝了一口倒進杯子裡的冷開水，輕輕吐了一口氣。我明明是在溼度高的季節，在溼度高的場所散步過來，喉嚨卻比想像中來得渴。

「奉太郎來過這家店嗎？」手邊閒來沒事把玩起胡椒罐的里志對我提問。

「沒有。倒是你來過吧？」

「啥，沒有喔。我第一次來，完全不知道這裡有店。奉太郎踏進店裡的模樣很大方，我還以爲你是熟客。」

「是你說要進來的，我一時之間還以爲你常來。」

老闆似乎聽到了我們的對話，用渾厚的聲音大喊：「別擔心，你們不會後悔。」

我把手臂擱在吧檯上，聽著巨大抽風扇的運作聲發起呆來的時候，里志碎碎念起來。

「我對犯人的廬山眞面目沒興趣……但爲什麼他會做出這種事？」

「誰知道。」

「學生會長根本沒多少職權，頂多就是在有活動時出面代表全體學生致詞。要是有人想推動校規改革，是可想像在選會長時會引發糾紛，但在這次選舉攪局又有什麼用？」

這理由不問當事人也無從得知。不過我有些想法。

「你如果願意聽的話，我有幾個隨意的想法。」

「告訴我。」

「像是犯人非常喜歡選舉，想再選一次。」

「哦。」

「或是他非常討厭選舉，想要讓委員會難堪。」

「這樣啊。」

「他覺得學生自治根本是兒戲，想向全校學生提出質疑：世上還有比學生會長選舉更沒意義的事嗎？」

「這是恐怖份子吧。」

「他來不及推舉候選人，想透過補選來爭取時間。」

「候選人報名已經截止了，這招行不通。」

「他看選舉委員長不爽，想搞砸選舉見到他的醜態。」

里志輕聲笑道。「眞是可怕，我無法乾脆否認……我還是不知道動機，不過恐怖份子說很吸引人。」

「搞不好是戀愛的魔咒。」

老闆從在狹窄店面中顯得巨大的冰箱中，拿出用繩子綁住的叉燒。他切起叉燒，告訴我們學生有特別招待。說不定能多幾片叉燒，我就好好期待吧。

我突然在意起一件事，逕向里志確認。

「你說選舉管理委員共四十八人是吧？」

里志將胡椒罐歸回架子，托著腮幫子回答我。

「是啊。三個年級各有八班，每班各兩人。」

「但你也說有十個人左右負責開票。」

里志在旋轉圓凳上兜圈子，將身體微微面向我。

「就算只有十個人，一人大概分到一百多票，也足夠應付了。再說開票本來就需要空間。若要動員所有人，就得使用體育館了。」

「你們怎麼分工？」

「我想想……」里志抱住手臂呻吟。「四十八個人裡頭有一半負責箱子。他們負責把票匭拿到教室，等票投完回來。他們的工作只到票從箱子拿出來的那刻，等票清光以後，大多數都離開會議室了。」

「他們不會留下來看到最後嗎？」

「也有委員會這麼做。一年E班的學弟就是這一類。應該沒有人強迫他們留下來。」
「除此之外我還聽到有負責發放票匭的人與保管鑰匙的人。」
「負責發放票匭的人有兩名。剛才我也提過，他們還要負責發放選票。」
「每一班有規定要使用特定的票匭嗎？」
「沒有，就是隨手把附近的箱子交給排隊的委員。但選票就不一樣了。他們會請委員報上學年與班級，再發配那班使用的選票。」
里志說過，神山高中一班大概四十三、四十四名學生，當然多少會有些出入。要是選票不夠可是個大問題，因此才會事先清點數量吧。儘管缺席與早退者的選票會多出來，但這些多餘的選票與這次選舉舞弊無關。
「製作選票的人也是發放票匭的人嗎？」
里志歪起頭。
「我的參與程度也僅限於當天去監票……但也不可能只靠一個人做出一千多個人的選票吧。想必是靠好幾個人分別製作。作法是裁紙以後蓋上選舉管理委員會的印章。」
「問題就出在這個印章。假票上也有這個章吧？」
「沒錯。就像我一開始說的，僞造票很簡單。」
正是因爲所有選票上都有選管的印記，這次事件才會演變成選舉舞弊。要是灌票部分的票沒有印記，就能以單純的混入異物結案。混入假票的犯人須事先僞造選票，要是里志打算揪出犯人，這件事說不定能成爲突破口。

但里志盼望得知，能夠爲一年E班無名氏洗刷冤屈的情報不是犯人的姓名，僅是假票混進來的管道。當然能揪出元凶是最好，但我們手上沒有名單，沒有人馬，也沒有權限。不採取能力範圍外的行動，才是理性的態度。

「保管鑰匙的人呢？」我換個問題，里志馬上回應我答案。

「鑰匙就一把，所以只有一個人。他負責在投票前給二十四個班級的箱子上鎖，等投票結束以後再打開二十四個班級的鎖。」

「聽起來很閒……」

「實際上看起來也很閒。搞不好滿適合奉太郎來做。」

這倒未必。這差事幾乎不用工作，等候時間卻特別漫長，再加上責任重大，感覺在別的層面上令人疲倦，我敬謝不敏。

「四十八人裡二十四人管箱子，兩人遞箱子，一人保管鑰匙，十人是開票員啊。」

「還有一名委員長，兩名副委員長。在白板上記錄各種內容的計票員則有兩名。」

「有六個人沒工作。」

「好幾個人負責打雜與整理會議室，應該就是這六人吧。」

里志探出身子。

「這下我們差不多都弄清四十八人當天的工作了。這算是好的切入點嗎？」

「這……我也不知道，至少剛才的對話深具意義。」

「哦，怎麼說？」

我的面前放上了瀰漫醬油芬芳的拉麵。麵條是細捲麵，清澈的醬油色湯底放了叉燒與筍乾各兩片，碗公中央堆著滿滿的鮮綠燙菠菜。

「拉麵好了！」

我拿起衛生筷一口氣掰開，將俐落地從尾端一直線分開的筷子舉到眼前說道。

「剛才的對話感覺讓等待時間變短了。」

「……你先吃吧，免得麵泡脹了。」

「那當然。」

我開動了。

老闆說我們不會後悔，真的沒說錯。中規中矩的醬油拉麵沒有怪味，雖然感覺鹹度略高，這點反倒是給人一種吃了拉麵的滿足感。我從來沒在拉麵裡頭加過菠菜，這麼一吃驚覺兩者非常合拍，合拍到我都疑惑起自己過去怎麼沒這麼做。此外還有一點很難判斷是好是壞，就是老闆不知道用了什麼技巧，湯頭特別滾燙。里志的餛飩麵要不了多久也上菜了，我們小聲慘叫：「啊！」「眞的好燙！」一邊將麵送進口中。埋頭猛吃到一半，里志看我也吃到一個段落了，握著筷子朝我這邊瞥了一眼。

「話說還有一件毫無關聯的事。」

麵眞好吃……我不曾覺得拉麵美味過。不對，問題應該是在口感，而非滋味。

「你在聽嗎？」

「我在聽。」

「餛飩很好吃喔。」

「給我。」

「才不要咧。你知道曾經有人要推千反田出來選嗎？」

我的筷子在瞬間停止動作，又立刻恢復。

「……我還是頭一次聽說。」

里志大口將餛飩吹涼，咕嚕一聲吞下肚。

「她原本在印地中學就是名人，在陣出那帶是眞正的大家閨秀。成績優秀又待人親切。聽說校長還試探她想不想出來選。透過文化祭一連串騷動奠基的知名度，又藉由眞人雛偶祭的報導直飆。她欠缺的就只有執行社團活動的實績。」

擔任古籍研究社社長，的確不是傲視全校的實績。

「我也算不上多了解她……」我夾起浸在溫熱湯汁裡的麵，等待麵條自然冷卻。「但我覺得她不是擅長實務的類型。」

「主導社刊作業的，也大多是摩耶花在出力。不過社團與學生會是同一個道理。也有人認爲會長只要有人望就夠了，執行面靠底下的人打點就好。」

虛位領袖嗎。在普通的高中學生會長身上尋找象徵性意義聽起來簡直像笑話，但既然都有虛張聲勢選舉管理委員長了，我們很難說會發生什麼事。

「但實際上千反田並沒有出來參選。」

「是啊。聽說就跟奉太郎講的一樣，她覺得自己個性不適合……不過她好像很在意學生會長的經驗是否能在將來派上用場。」

「派上用場……是指推甄時？」

我聽說過若有擔任學生會長的經驗，比較容易得到大學的推薦資格。不過我很難想像千反田會爲了大考而考慮參選學生會長。

里志露出苦笑，搖頭否定。

「怎麼可能。」

「說得也是。」

「聽說她的意思是……哪天繼承千反田家以後，代表神高的經驗或許能派上用場。」

麵吃完了。我很想舉起碗公以口就碗喝湯，但湯汁還熱得很。我漫不經心地望著正在清洗用具的老闆，與燒著滾水的大鍋子。

繼承人嗎。我們身處的世界與常識相隔太遠，即使我實際見證了與千反田相關的諸多狀況，仍無法產生實感。我很驚訝這年頭還眞存在這種情形。然而對千反田來說，繼承人這句話才是現實世界。

「眞是的……」里志呼嚕呼嚕地吞下餛飩，茫然地說道。

「我以後不知道該做什麼。」

就在我重新將手靠上碗公，再次爲了它的重量與溫度放棄捧起時，我發現在胡椒罐旁邊有客用的湯匙。我立刻拿起湯匙舀起一口湯。

「律師怎麼樣？」

「律師？」里志彷彿聽見珍禽異獸的名稱，突然叫了出來。「哈哈，你從哪裡冒出這個點子來的！」

我很喜歡這間店的拉麵。下次來試試看餛飩麵吧，里志的餛飩麵看起來很好吃。要是舀起太多湯汁，湯可能會溢出湯匙濺到身上，因此我一瓢一瓢地緩緩動作。

「因爲律師是正義的一方。」

「不，逞英雄這件事都是奉太郎你在講。」

「我只是第一個想到的是律師，至於其他的選項，你看大俠怎麼樣？趁著夜黑風高將惡棍一刀兩斷。」

「哈哈……」

里志發出乾笑，回去吃起他的餛飩麵。我們進食速度差不多，但里志還有配飯，還得花上一點時間。

僅有我們這組客人的拉麵店，有對穿著西裝滿臉通紅的雙人組進入。店主向他們招呼「歡迎光臨！」雙人組似乎醉了，扯開嗓門大喊。

「拉麵兩碗！」

「還有中杯啤酒。老闆，有沒有什麼下酒菜？」

在一口氣熱鬧起來的店裡，我似乎聽見里志喃喃自語。

「我從來沒想過……也不錯。」

我難不成就這麼造就了一名大俠？

5

出了拉麵店，六月溫熱的夜風撲面而來，吹動了紅燈籠。里志想幫我出拉麵錢當成是諮商費，我謝絕了他的好意。說什麼諮商費！眞是沒禮貌，里志就是這一點不好。幸好我早有準備，隨身攜帶了千圓大鈔。

每當我身子一動，胸前口袋裡頭的找零就會發出清脆的聲響。里志觀望四周，接著看了一下手表。

「沒想到這麼晚了。差不多該打道回府了。不好意思，都這麼晚了還找你出來。」

「我無所謂，反正待辦事項也只有洗東西跟打掃浴室。」

「……你該不會還是生氣了吧？」

「不，一點也沒。要回去的話你陪我吧，我一個人會怕。」

沒想到里志出乎意料地聽信我告別前的玩笑。

今年四月在意外的事態之下，里志前來拜訪我家。雖然他沒有三番兩次造訪，精確的走法都忘了，但我家大致方位應該還記得。

「ＯＫ，那我們走吧。」里志說完率先邁開步伐。

從拉麵店回到我家，走人行道寬敞的道路比較容易辨認方位。街燈的光輝迷迷濛濛，一想起冬季街燈清晰的光輝，更是令人領悟到季節正朝夏季推移。車流量冷清的道路上駛過一輛警車，我心頭一驚，不過警車並沒有停下來斥責我們夜遊。

「我稍微想了一下。」我這麼開頭。「再怎麼思考選票是從何時混入票匭裡頭，一定會觸礁。既然投票前都驗過箱子了，選票也不可能事先混入。何況一箱要是多了四十票也太引人耳目，而要是分別在十箱混入四票，又需要大量的幫凶。」

我只不過是把里志剛才的話重複一遍，卻換來他誠懇的肯定。

「沒錯，我也是在那邊卡關。」

「這麼一來我們只能改變思路。」

超出選民人口的票數是從哪裡混進來的？

這些票被混入哪個地方？

「對了。」里志猛然大叫。「我剛剛想到，有沒有可能假票一開始就放在桌上？」

「你覺得這有可能嗎？」我僅僅一句反駁，就讓里志的氣勢煙消雲散。

「不，怎麼想都不可能。只要在眾目睽睽的桌子上，沒有隱形的假票就不可能。」

「哪會有什麼隱形的票。不過說不定的確有隱形的委員。」

里志皺起眉頭。「……我可以詢問你這話是什麼意思嗎？」

「那當然。」

人行道經過倒閉的加油站前。寬敞的水泥建築裡頭空蕩蕩，莫名令人感到不安。

我開口說明。

「光聽你說選舉的程序，我發現兩個大漏洞。只要利用這些漏洞，連我也能灌票。」

里志似乎想說些什麼，卻沒有開口。他大概不想打岔，因此我接著說下去。

「第一個是沒確認從教室運送票匭回來的選舉管理委員身分。在其他項目上，委員會會請好幾個人來檢查箱子是不是空的，檢查票數是不是一束二十票，但委員會不會主動確認『某年某班的箱子回來了』的情報是否屬實。如果你說的話是事實，這部分是給委員自報名號。」

里志剛才說：委員們三三兩兩地回到會議室，首先在記錄某年某班的箱子已收回的表單上登記。

「這個手續大概只是在班級列表上畫圈或打叉吧。儘管同是選舉管理委員，很難想像所有人都能記住每個人的長相。我打個比方，要是由我拿著二年A班的箱子去會議室在表單上登記，也不太會有人起疑吧？」

里志打從喉頭發出悶哼。

「……這部分或許正如同奉太郎的批評。委員會的確沒有確認過拿著箱子離開會議室的學生，跟拿箱子回來的學生是否是同一個人。」

「因爲票比較重要。說極端一點，不管箱子是誰送回來的，對選舉本身都無足輕重。會製作那張班級列表，也只是方便之後確認是否每一班的箱子都送回來了。」

「沒錯。」里志若有所思地點點頭繼續說道。「票比較重要。然而奉太郎指出的漏洞雖然不小，依然無法解答假票是在哪個時間點灌進去的。」

「在這點上，另一個漏洞則是關鍵。」

我想像起今天放學後，選舉管理委員們在選舉前接收票甌的景象。古色古香的琥珀色堅固票甌。

「你說過並沒有每一班要使用特定的票甌。」

「對，我說過。」

剛才里志也說：隨手把附近的箱子交給排隊的委員。

「這是問題所在嗎？」

「箱子隨機發放這點本身不是問題。交由選舉委員自行報告哪班的箱子送回來了，也不能算是問題所在。但要是這兩點結合在一起，會發生什麼事？」

里志架起手臂仰望陰鬱的天空，不發一語地走著。眼見他就要撞上電線桿，我趕緊拉住他的袖子。

「……奉太郎的意思是，拿著箱子回到會議室的學生，可能不是選管委員是吧。但是這跟箱子是隨機發送這點又有什麼關係……」

「論點有點偏離正軌了，我想表達的不是這個意思。」

我無意出題考倒里志，拐彎抹角沒有意義。會這樣反覆提問，是爲了不讓自己的思路打結，想按部就班拆解謎團。

「我想表達的是，即使有不是選管的人物送了不屬於任何一班的箱子過來，體制上也無法確認是否確有其事。」

歷經了短暫的困惑後，里志瞪大了雙眼。

「奉太郎，這種事哪能輕輕鬆鬆就辦到啊？」

光聽里志說明，神山高中的學生會長選舉流程對計票錯誤與漏票有萬全的防範措施。然而若有冒牌選舉管理委員送冒牌的票匭上門，卻沒有像樣的對策。

「你先等一下。」里志伸出手心制止我。「這不大對吧。雖然選管連個臂章也沒有，可以輕易假冒，可是箱子呢？雖然我也不知道那些票匭是從多久以前開始使用的，但它們的確是有年份的器具，不是一朝一夕能變出來的東西。要是有學生捧著白色的新木箱過來，再怎麼說也應該會有人注意到。」里志稍微停頓，又接著說下去。「偷偷把取出票的票匭帶出會議室，再若無其事地灌進假票回來也是行不通的。內容物清空的箱子會被選管會回收，堆在會議室裡頭。只要沒有箱子，就無法透過這種手法舞弊。」

「這個嘛……也就是說除了選舉用上的二十四個箱子以外，還有一個用毛筆字寫著『票匭』，泛著琥珀色澤的上鎖箱子就行了吧。」

「哪來這種箱子？」

這哪需要問，當然就是……

「特別棟一樓的倉庫囉。」

畢竟據說票匭平常就放在那裡。

里志一副著急的模樣，彷彿都要跳腳起來。

「那裡放的是這次選舉使用的箱子。不是放奉太郎口中拿了舞弊的箱子的地方。」

連我也跟著著急起來了。那間倉庫裡的票匭才不只有二十四箱。爲什麼里志聽不懂我的意思……正當我這麼想的時候，心中突然閃現了理由。原來如此。這不能怪里志。這都要怪家庭成員不同。

「我姊收到了明信片。」

「咦？」

話題突然轉變，里志愣了一會。

「啊，這樣啊。你姊還好嗎？」

「托你的福。她回去大學那邊，現在不在家。誰知道現在收到一張寄給我姊的明信片，有夠麻煩。在她回來以前只能先放在她會看到的地方了。」

「……你爲什麼不轉寄給她？」

我渾身受到了震撼。原來如此。原來還有這個辦法。只要轉寄給她就好了。我怎麼都沒想到？

「奉太郎？」

「抱歉。我受到了一點驚嚇。回到正題，那張明信片是同學會的通知函。」

里志的臉上寫著：這是哪門子的正題？他不服氣地出聲。

「我說啊——」

「三年I班的同學會。」

一輛重型露營車大聲播放著激昂的嘻哈樂飛奔而去。里志伸出十指，一根一根屈指計算。A、B、C、D……

「原來如此，有九班！」

我點頭肯定。

「神山高中一學年有八班，僅是目前的編制。過去曾有九班，說不定還有過十班的年代。明年也可能變成七班，有一天也可能變成六班。」

「沒錯，這很自然。因爲學生……出生率也在變動。但學校仍會繼續存在。」

我們對神山高中的認知，是透過自己現在所處的狀態。我的認知並沒有錯，然而不管我們是否在學，神高一直存在著。過去一學年有九班的時期自然也有學生會長選舉，從票匭的老舊程度來看，那段年代應該也是使用相同的箱子。

學校不可能因爲班級數減少而廢棄票匭。畢竟說不定哪天又會來到一學年有九班的時代。

「特別棟一樓的倉庫裡，還閒置著學生人數比現在多的年代的票匭。犯人知道這點把箱子帶出來，放進假票，假冒選管把票匭送進會議室。」

「清點送還票匭班級的清單上頭什麼都沒寫。而就算箱子上了鎖，也能靠保管鑰匙的人擁有的鑰匙打開。」

「因爲鑰匙就只有一把。票匭上掛著的鎖頭應該全都能用那把鑰匙打開。明天一大早潛入會議室清點票匭數量，要是眞有二十五箱就是證據了。犯人沒時間將票匭歸位。只要夠早過去，說不定還能碰上意圖掩滅證據的犯人。」

要是注意到過去也存在於學校，在校內使用的票匭現在多了出來，想要看穿選舉舞弊的伎倆應該不難。我因爲有個畢業於神山高中的老姊，才會查覺到學校也是置身於時間洪流中的一物，但里志只有妹妹，因此比我晚領悟到這點。事情不過就是這麼簡單，卻有種討人厭的感覺。我們明明都很清楚時光正不斷前進，這件事卻彷彿告訴了我們：「不，你其實根本不明白時光流動是怎麼一回事。」

「我只顧著關注箱子裡頭……遺漏了什麼東西。」

里志如此低喃。聽見他這句寓意莫名深遠的話語，我聳聳肩，胸前口袋的零錢互相摩擦，發出清脆的聲響。

6

後來里志告訴我，當晚他就告訴總務委員長我們的推論，再由總務委員長轉告給選舉管理委員長。據說選舉管理委員長直到最後都堅持一年E班的學弟有嫌疑，然而留在會議室的票匭的確有二十五箱，他才撤銷他的主張。

在填補選舉制度的漏洞後，選管會重新舉辦學生會長選舉投票，最後由常光清一郎榮獲新學生會長寶座。新會長在午休時對全校播放的就職演說中，對於選舉的風波隻字未提。

灌假票的犯人在早上前去收回第二十五箱時被逮個正著。我沒問他的名字，也不知道他的動機。里志表示後續處理是選管的工作，才不是他的分內事。

我完全贊同他的意見。

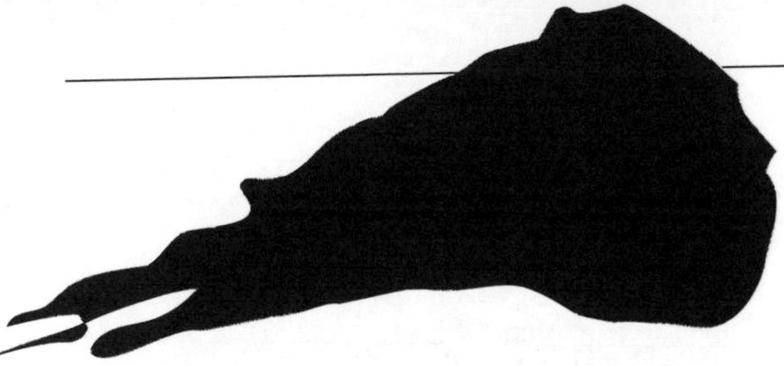

那些沒映照在鏡子裡的

1

一切始於星期天。

那天我出門購物。我一直昧著良心使用筆尖即將變形的G筆，但也差不多到了極限。我還想補充網點，重新買回不知道丟到哪的雲型尺。於是前往常去的雜貨店添購各項用品，順道造訪電子賣場一趟。未來我也想用電腦繪圖，跑這趟是打算調查一下價格。我好歹有一台從父親手上接收的二手電腦，但記憶體不足供繪圖使用。

儘管電腦降價了，仍不是靠零用錢就能到手的價格。再考慮到我還得連繪圖板一起買齊，再怎麼想價錢都還是高不可攀。阿福或許知道撿便宜的管道，然而打對折依然無法負擔。就在我走出店外，決定以後再考慮電繪時，我碰見了認識的面孔。

「妳不是伊原嗎！好久不見！」

對方一眼就認出我，我倒是花了點時間。她是中學時代同班的池平。因爲她染了頭髮又化妝，我沒能立刻認出她。

中學時代的池平總是很努力要融入班級，不是個特別招搖的人。我會覺得她給人的感覺變了，應該不只是因爲髮色或化妝。

「啊，好久不見。」

我揮揮手。其實我跟她交情沒特別好，但也沒特別差。她就是在中學三年跟我相處一年的普通同學，久別重逢難免懷念。

「妳在做什麼？」

「我在評估買不買得了電腦。」

「這樣啊。妳想買什麼類型的？」

「我想買的很貴，可能得之後再說。」

「對啊，電腦都好貴。」池平誇張地附和我的話，接著看向我的購物袋。「妳還買了別的東西？」

「對、對啊。」

她冷不防的舉動害我連話都說不好。我在畫漫畫這件事，對中學時代的同學還是保密的。知道的人就只有阿福與折木，還有其他少數幾個人。畫漫畫雖然不是作奸犯科，但要是被人得知，好一點就是對方想看，搞得我很丟臉，壞一點就是被視爲怪胎。

「文具。」

我沒說謊。

我隨口回答，池平卻露出莫名敬佩的表情點頭附和。

「原來是這樣。也對，伊原很聰明嘛。」

如果是在中學時代，這句話背後必定隱含著負面語意。裡頭交雜著對功課好的自卑以及對功課不好的心結，總會讓人產生無以名狀的糾結。

然而如今池平坦率出口，我也不用推推託託就能接受她這句話。雖然我不認爲自己有多聰明，但我就讀的學校確實比池平進的學校更難考，表現謙虛也只是在諷刺她。中學畢業整整一年多，光是能這樣自然對話，或許就表示我們彼此都有所成長。

只不過購物袋裡頭不是溫書用品，而是略爲特殊的文具。感覺彷彿是我欺騙了她，我有些難受。

「池平也來買東西？」

「對啊，我在找便宜的數位相機，但看到的比預算高了一千圓。」

「相機？」

「沒錯！」

她的口吻很興奮。

「我現在在玩樂團，可是團員裡只有我技術很差，所以我就把影像錄下來練習。我很認眞吧！」

我在漫畫的領域見過許多人嘴上說想畫漫畫卻從沒練習。與這些人相比，池平的確是很認眞。

「對啊，妳好厲害。妳負責哪個樂器？」

「貝斯。不過現在也缺主唱……」說到這裡池平的表情瞬間亮了起來。「對了！伊原妳很會唱歌吧。妳有加入社團嗎？」

事情怎麼會演變成這樣！

到底是什麼原因讓她誤以爲我很會唱歌？我想得到的理由就只有當初我在合唱比賽時擔任某聲部的領隊，但那也是因爲沒有人出馬。我急急忙忙跟她澄清。

「有啊，我現在放學後很忙，在家也有外務。還有，我不算特別會唱歌。」

「是喔。體育社團嗎？」

「不是。藝文性質的。社團還有其他妳也認識的人。」

「這樣啊。是誰？」

「福部……還有折木。」我若無其事地說出他們的名字。說時遲那時快，池平立刻氣沖沖地皺起眉頭。我感到後悔，但爲時已晚。

「竟然有折木那傢伙！」池平狠狠地說。接著她不知道誤會了什麼，憂心忡忡地對我說。「是喔……折木也在社團裡。眞糟糕。」

「呃，對啊。」

池平壓低音量悄悄說道。

「我不清楚你們是什麼社團……不過要是他太過分，妳要把他踢出去喔。雖然我幫不上忙，妳應該也找得到願意協助的人。」

我把即將脫口而出的話語又吞回肚裡，默不作聲點點頭。

此後我們聊了兩三句就分手了，回去的路上，我滿腦子都是折木的事。

池平的反應並不誇張。當年就讀鏑矢中學三年五班的人，都有瞧不起折木奉太郎的理由。真要說起來，甚至連當年全體畢業生都有。

我沒忘了這件事，不過……

我吹著河邊清風緩緩漫步。那件事發生在快要畢業的時候，但應該不是一月或二月。雖然我現在無法清楚回憶起來，不過應該是十一月下旬的事了。

2

鏑矢中學有個傳統，每年由全體畢業生聯手推出畢業製作。

由於每年都會製作不同的東西，幾十年下來創意自然枯竭了。大我們一屆的學長姊畢業製作是「植樹」。兩百名左右的畢業生接棒將某種植物的樹苗傳下去，由最後一個人種進土裡。連這樣都能叫做「全體畢業生聯手推出畢業製作」，只能說是在胡鬧。

我不了解決定畢業製作的過程。製作得花錢，因此我想像中應該是透過校務會議決定的。總之大概是基於對去年的反省，我們這屆決定要做更有模有樣的作品。

「最後決定就作作看大型的鏡子吧。」

當班長細島同學說出這句話的時候，全班同學都在懷疑自己的耳朵。沒人覺得鏡子這種東西能自力製作，也沒人想得到該怎麼做。

細島同學有膽接下班長職務，個性應該不害羞，不過體質容易臉紅。當時他大概也是滿臉通紅地向同學再次說明。

「我們要作的是大型鏡子的鏡框。」

他的說明歸納起來如下。

畢業製作是在高將近兩公尺的大型鏡子上，安裝木製的裝飾外框。每班分別負責一部分，在木框上雕刻。一旦作品完成，在浮雕裝幀下的鏡子將會長長久久地映照著鏑矢中學的學生。

鏡子這個選擇的恰當與否實在難以斷定。有一面鏡子的確會很方便，另一方面我卻也覺得要不了幾年鏡子就會成爲怪談的溫床。

實際的製作順序是從設計整體造型開始。

「設計由二班的鷹栖同學負責。」

他這麼說我才恍然大悟。鷹栖亞美同學在市內繪畫比賽得過銀獎，在體育祭時也負責繪製吉祥物。她是我們這一屆擅長繪畫的幾個人之一。

鷹栖同學的設計圖被分割成幾十個組件，平均分配給五個班級。每班又各自細分後雕刻，最後將成品組裝起來即大功告成。

看上去並不是什麼費事的工作，畢竟我們還有高中升學考試當前。到了十二月也差不多該全心衝刺了，考生實在承擔不起太困難的工作，我想這才是大家最赤裸裸的想法。於是在無人提出異議的情況下，畢業製作開始了。

應栖同學的設計屬於古典風格。葡萄藤綿綿延伸，纏繞著整面鏡子。四處都有扶疏的綠葉，結著豐潤的果實。有些區塊還畫著瓢蟲與蝴蝶，也有幾隻飛舞的小鳥。雖然這麼說，我實際上得知整體的設計，也是鏡框完成以後的事了。一開始發給我們的東西，就只有十公分見方的木板，以及我們分配到的設計圖。

我們這組分到了裝飾鏡子左側的浮雕。根據細島同學的說詞，鏡子上下部分的設計比左右來得精緻。因此經過一番商量，眾人決定接手上下部分的組別只要負責一塊，接手左右部分的組別則要負責兩塊浮雕。

發給我們的兩張設計圖中，一張畫著緩緩彎曲的藤蔓及欣欣向榮朝上展開的葉片。這張設計圖比較簡單。然而另一張設計圖上，卻畫著小鳥啄食藤蔓上垂著的葡萄。

組裡的男生爆發了不滿。

「爲什麼只有我們要刻鳥？」

「別組不是只有藤蔓嗎？誰嚥得下這口氣！」

儘管他們口氣很差，說的話卻有幾分道理。誰教分配給我們這組的設計圖，明顯就是比其他組別分到的來得費工呢。他們主張作業量分擔不公平，完全是有憑有據。

「一開始就沒人說過會公平分配啊？」

要這樣反駁也還站得住腳。不過當時我是這麼說的。

「反正你們也不用雕刻，拜託別抱怨了。」

這個承諾一出口，男生立刻安靜下來。他們內心想必很期待可以不用負責雕刻。對於他們這種心態，我怎麼可能不火大？然而考慮到刁鑽的設計、短暫的製作期以及近在眼前的大考等種種條件，將工作分給不擅長雕刻的男生風險太高了。

之前阿福在評論我的時候，曾經說我重視的價值其實是「完美」。我不喜歡自我暴露，所以當時聽過就算了，現在回想，我覺得阿福果然很了解我。畢業製作的工作分配一點也不公平，我卻絲毫沒感到不對勁就接受了。

幸好我還算擅長木雕，組裡還有另一位叫三島的女同學，她是美術社社員，擅長的領域是蝕刻，不過她操起雕刻刀還是比我厲害，刻好兩塊十公分見方的木板光靠我們兩個根本小事一樁。雖然不可否認我們的衝刺進度的確因此延宕。

我跟三島在此之前從沒這麼熱絡地交談過。我或許沒有資格說別人，不過三島屬於拒絕與人來往的類型。然而在合力完成畢業製作的十天之內，我們向對方分享了許多祕密。至少我告訴她，自己夢想有一天能成爲漫畫家。三島沒有嘲笑我的夢想，也沒有輕率地肯定。她露出微笑跟我說：這條路想必會很辛苦。

設計圖上的小鳥幾乎都出自三島之手。不過那隻鳥到底是什麼鳥？

「是麻雀嗎？」

「大概吧？」

「那就當牠是麻雀囉。」

經過這段隨便的對話，我們都管那隻鳥麻雀。現在回想起來好像是蜂鳥。

起碼在我心中，那次畢業製作是一段美好的回憶。

過程也發生不值一提的狀況。在即將完工之前，有個之前根本沒接觸我們的男生開始嚼舌根。

「畢業製作不應該只是厲害的人拿去做的東西吧。製作過程可以創造回憶，就算不會作，光是參加就具有意義了啊。」

他是這麼說的。

既然如此你一開始就說啊。想要眾人共享完成的喜悅才沒那麼簡單啦。我心中有千言萬語想說，但當時的我說話比現在還不知修飾。

「你說什麼蠢話？」

我只拋下了這句話。

於是我們順利將兩塊組件刻好了。我刻的部分跟三島刻的部分品質有些差距，但至少都符合設計圖，成品也令自己服氣。

其他組都努力趕工完成各自的浮雕。彎彎曲曲形成環狀的藤蔓，以及佔據木板一半以上的碩大葡萄逐漸齊集。

終於到最後繳交期限。

大家直到那天才發現問題……拖到最後才交出作品的組別，交出的作品亂七八糟。

那一班負責裝飾鏡子下緣。鷹栖同學的設計圖上，橫向延伸的藤蔓在中途一度大幅下垂，再沿著弧線上攀。下垂部分的頂端，不知爲何相當尖銳。把藤蔓的下垂與上揚刻出自然感絕非易事，但跟我們負責的「麻雀」比起來應該是無庸置疑地輕鬆。

他們交出的木板上，就只有筆直一條橫向的藤蔓。正確來說看起來甚至不像藤蔓，只不過是在木板中央隨便刻了一根棒子。

這塊浮雕是份完全無視設計圖、偷工減料的作品。我還記得細島同學收下作品以後氣得滿臉通紅。他毫不意外地吼了起來。

「這是什麼意思？別說刻得好不好，你們根本無視設計啊！」

然而繳交作品的男生頂著「世上再也沒更無聊的事」的表情，跟細島同學回嘴。

「可是彎來彎去刻起來很麻煩。」

這塊浮雕正是折木負責的作品。

沒時間重刻了。外框須在交出鏡子前完成組裝。我們只能直接使用折木的作品。

我也參加了組裝浮雕的過程。場地在體育館，我們首先在地板鋪上報紙，鋪滿報紙的空間足夠放下鏡框後，再把從各班收集而來的組件排好。組件上都有流水號，只要依序排放即可。

等到試排的成品組好以後，再分別抹上接著劑黏合。基於接著劑功效太強很危險，這項任務由老師負責。老師帶著手套握著刷子，彎下腰來黏接組件。以我爲首，參加這次組裝作業的學生，都站著觀望老師工作。我記得這是在晝短夜長的冬天，外頭已是一片漆黑，印象中還積著雪。

塗完接著劑的老師緩緩伸著懶腰說道。

「完成囉。」

接著劑乾燥之前不能輕易移動鏡框。我們始終維持站姿，低頭望著躺在報紙上的裝飾鏡框。我早就默默感覺到，組裝作業其實不需要這麼多人手。

不過我覺得在場學生之間，都共享了一種難以言喻的成就感。我聽見隔壁班的男生交頭接耳：

「不錯啊。」

「的確。」

事實上以中學生的作品來說，鏡框的確做得相當精美。

在完工的外框中，我跟三島負責的部分特別美，美到我敢自誇。我非常滿意。我們的作品美到反而跟周圍的組件顯得格格不入，堪稱是我們的得意之作。

反觀在數十塊組件中，也有些刻得不好或者太過馬虎的部分。比方說藤蔓浮雕的部分下手太輕，變得特別顯眼的組件。或是用簡陋的網狀刻痕來呈現整串葡萄的組件。還有些組件的藤蔓與葉片沒有相連，讓人疑惑這葉子怎麼會浮在空中。但不能否定折木的「棒子」在這裡頭是最爲草率的。

然而我卻也稍微感到放心。因爲在一片呈現新藝術風格的曲線群之中，確實只有折木的藤蔓筆直無味，但看起來瑕不掩瑜。折木負責的組件位於鏡子下緣，很幸運地位在不顯眼的位置。而且至少那條藤蔓跟左右還連得起來。我以爲這樣大家就不會罵「只有五班在偷懶」。

接著劑需要花上兩、三天乾燥，那天我們已無事可做。就在我們收拾多餘的報紙準備散會之前，鷹栖同學進入了體育館。

我當然聽過鷹栖同學的名字，但三年以來我從沒跟她同班過，到了此刻我仍無法把名字跟長相對上。在我想像中她是個有藝術家風範的纖細女孩，然而鷹栖亞美同學實際上是個五官挺拔的人。組裝工作人員其中一人低喃「是鷹栖同學」，我才第一次知道她就是鷹栖同學。

她不是獨自一人，跟著疑似是朋友的三個女生一起現身。她向組裝工作人員搭話：

「唷？完成啦？」

語氣有種說不上來的輕佻，我感到渾身不對勁。以葡萄藤爲主的平穩設計與她的笑聲，在我的腦中實在搭不上線。

鷹栖同學與女生三人組笑著走向鏡框。

我覺得鷹栖見到這個成品應該也會感到滿意。雖然有些地方不漂亮，說到底也是團體合作的成果，難免會有不夠完善的地方。雖然我們沒能百分之百實現鷹栖同學的設計，應該還在接受範圍內。其他參加組裝過程的成員也和善地接待她們。

然而當鷹栖同學俯視浮雕，她的笑容卻瞬間凝結。

「咦……」

我還記得她的表情豹變，令我心一驚。見到她那張鐵青的臉，我頓時間明白這就是人家說的「血色全無」。她甚至還有些踉蹌。

鷹栖同學舉起手臂指向鏡框的某處。

「這是怎樣？」

指尖指向的地方正是出自折木手筆的打混組件。鷹栖同學發出了轟動整座冬季體育館的慘叫。

「爲什麼！爲什麼會刻成這樣！好過分，爲什麼要亂搞，好過分！」

女生三人組慌慌張張地安撫陷入錯亂的鷹栖同學。怎麼啦？冷靜點。她們用各種方式安撫她。

誰知道鷹栖同學最後竟然哭出來。她摀著臉泣不成聲。無計可施的三人組開始拿我們組裝成員找碴。

「是誰叫你們弄成這副模樣的！」

「這不是中學最後的回憶嗎？瞧你們幹的好事！」

「快道歉。快跟亞美道歉！」

就算她們這麼說，那塊組件也不是在場人士雕刻的。沒有人有辦法收拾這個局面，鷹栖同學一個勁大哭大叫。老師上前搭話，但沒什麼作用。

最後老師環視著組裝成員這麼說道。

「雕刻這個組件的是哪班的人？」

鷹栖同學以外的學生望著彼此的臉，我需要一些時間才能提起勇氣。即使如此，我應該沒讓大家等待超過十秒。

「是我們五班。」

我一自報名號，三人組的矛頭順理成章地指向了我。

直到老師為我幫腔說「這又不是伊原刻出來的」為止，三人組說要殺了我，教我以死謝罪等等，把我罵得狗血淋頭。

三年五班畢製偷工減料，把設計的鷹栖亞美弄哭了。

這個消息隔天就在整個年級中廣為流傳。五班揹負汙名。而每個人都知道「犯人」就是折木。

班上有好幾個人跑去圍堵折木。

「你給我負責。」

「快去道歉。」

「你害五班臉都丟光了。」

折木那傢伙全都左耳進右耳出。

沒一個同學爲折木說情。休息時間，折木從教室消失的時間變多了。我是圖書委員，知道他總跑來圖書室。他不是來圖書室借書，我見過好幾次他帶自己的書來閱讀。

我不覺得這件事是折木一個人的問題。那塊組件又不是單獨分給折木一個人，而是分給他那一組。三年五班每六人是一組。除了折木以外的五個人，對畢業製作都必須承擔平等的責任。然而只有折木一人受到指責，這毫無道理。坦白說當我見到連折木那組的人都在譴責他的時候，我感到胃附近有種不舒服的感覺湧升而出。

說是這麼說，我也沒因此覺得折木就沒過錯。我根本不肯跟在圖書室獨自閱讀的那傢伙對上眼。

……如果說折木是在隱忍班上同學的追究，這段時間應該不算很長。事發後幾天鏑矢中學開始放寒假。寒假結束到了第三學期，沒有人有心思在意畢業製作。

因爲快到升學考試了。

遇見池平的當晚，我坐在自己房間的書桌前陷入沉思。

進入高中，透過古籍研究社的活動開始與折木交談那陣子，我心裡還在介意著畢業製作的事。儘管我一直覺得不只折木有錯，可是另一方面我也覺得折木這個人只要感到麻煩，就會輕易丟下被交付的任務不管。

在此之後發生了很多事。

我只是想跟阿福說上話，一開始根本不在乎折木。可是當我親眼見證他處理的幾件事以後，我開始覺得自己實在不太了解他的爲人。我過去也沒興趣了解就是了。

他陪著小千思考孩提時代的小千到底爲何感到難過。

儘管過程一波三折，他仍舊帶領毫無瓜葛的學長姐全班製作的影片邁向完成。

我還想得到好幾項事蹟。折木與這些問題扯上關係，接著解決其中幾項，的確令人吃驚。我覺得折木眞是囂張。然而現在回想，最出乎意料的事反而是在別的層面上。

「……應該是在這裡吧……」

我一邊自言自語，一邊搜尋起書櫃。我想自己還算是平常就會留心維護整潔的人。沒過多久，我就找到了目標物。

社刊《冰菓》。一本沒規定要寫什麼的怪異社刊。去年實質上是由我獨立編輯的社刊。由於下訂單塡寫印量時我犯了難以置信的錯誤，光是見到書就不太自在，便收進了書櫃沒動過。

我也不需要動。內容我大致都記下來了。

令我感到很意外的是，折木爲這本社刊撰寫的稿子寫得很認眞。

每逢特殊情況就特別來勁，其實是很容易的事。在體育祭努力一搏，在親戚的婚禮上賣力這種還不算困難。以人性來說，要是有人說「密室裡頭死人啦！」，我們大喊「你說什麼，這是怎麼一回事！」，興奮地趕到現場，反而還說得上是自然。

相較之下，埋頭苦幹撰寫社刊稿件這檔事，與上述的節慶心態可是天差地遠。抱著湊熱鬧的心情可沒辦法寫完社刊稿件。

比方說阿福在寫《冰菓》的稿子時陷入苦戰。因爲我喜歡阿福，我在房間裡叫他正襟危坐，把他訓了一頓。

「阿福我一開始就跟你說過。你眞的聽進去了嗎？我不是跟你說過光是想寫有意思的東西，是沒辦法完成稿子的嗎？我不是在講計畫性的問題。當然計畫性也是一點，但不只那一點。我的意思是你要連那些沒有意思的部分也得咬牙寫完，不然文章根本無法完成。你就是沒把我這席話聽進去，才會拖到這麼極限。你要自我反省。反省過了嗎？反省過了吧。那我來陪你一起想辦法，你來坐在我旁邊！」

阿福並不是特別沒用的人。我甚至覺得他還算正常。漫畫研究會的社刊可是更……算了，我就別回憶這件事吧。

總之折木又頂著那張「世上再也沒有比這更無聊的事」的表情，把稿子交給了我。當時我還在跟印刷廠溝通，就連截稿日都還沒敲定。儘管我一臉鎮定地收下稿子，心裡其實非常驚訝。那傢伙偶爾會掛在嘴上、自以爲是的口頭禪是什麼來著？「必要的事盡快做」？我一直把它當作懶鬼的碎碎念，不當一回事。然而就在那個當下，我驚覺折木還算是個說到做到的人。那傢伙從來沒丟下必要的事不管。應該吧。

我回想起這一年來在古籍研究社不經意見到的折木的事蹟，重新思考起來。

折木真是在三年級全體學生參與的畢業製作打混成那副德性，無可救藥的懶鬼嗎？

我在床上翻滾，喃喃自語。

「其中必有詐。」

我覺得這件事有隱情。當時他可能暗地在策畫什麼事。不，絕對是這樣。現在的我看得出來，那個平淡的浮雕背後，隱藏著折木無聊的理由。

我才不在乎他。但既然鷹栖同學的眼淚與三年五班的汙名背後另有隱情……

事到如今，我仍想了解。

3

然而我小小的調查在第一天就碰上令人火大的釘子。

星期一我等到放學便前往地科教室。既然這件事跟折木有關，問他便能得知全貌。社團教室裡只有折木一個人在。平常的我會覺得很倒楣，唯獨今天反而覺得他來得正好。折木一如往常窩在從後頭數來第三列的桌子旁，單手拿著文庫本一副昏昏欲睡的模樣。我進了教室，他僅是稍微抬起雙眼，又隨即回到書中世界。這種反應也是一如往常。因此即便我連包包都沒放就朝他走近，折木也沒什麼反應。不過他到底在讀些什麼？我歪著頭想要偷看封面，然而就像是齒輪接連動作一般，折木也跟著壓低書本隱瞞書名。我恢復原本的姿勢。你又不是帶了什麼不良書刊來學校，有什麼好遮掩的？心裡這麼一想，語氣不由得嚴厲起來。

「我有話要問你。」

這語氣簡直就像是檢調在查案。而折木自然沒有任何頭緒，愕然指著自己的臉孔，彷彿在問「找我？」。就算對方是折木，採取這種態度也是我不對。

「啊，抱歉。我不是要找你抱怨，只是想問以前的事。」

「以前的事喔。」折木邊說邊放下書本，還細心地將封面朝下。「要聊歷史的話，里志比較了解。」

我才不想附和這傢伙的玩笑話。我拉了一張身邊的椅子，在他的正對面坐下。

「我是指中學時代的事。」

「那也是里志比較熟。」

「我要問畢業製作的事。」

折木在一瞬之間正眼看了我。接著他緩緩說道。「那里志不是更清楚嗎？」

阿福的確負責管理畢業製作的進度。所以折木提起阿福，這件事本身並沒有不對勁。不過我感覺折木想打馬虎眼，難道只是我多心了？我伸手指向折木。

「我是要談你的事。你可別說還是阿福比較了解。」

「妳確定嗎？我不是很了解自己。」

「總之你聽我說就對了。」我將伸出的手指握緊，一拳捶在桌上。

「你還記得那面大鏡子外框的浮雕吧？……就是被你偷工減料的那個。」

折木微微別開了視線。他不耐煩地說。

「妳是想說這件事喔。怎麼突然翻舊帳？」

「昨天我遇到池平了。然後我們聊到你。」一想到這傢伙說不定真的會忘記同班同學的名字，我接著補充。「她是三年五班的女同學。」

「這我知道。」

「眞的嗎？」

「眞的啦。她是中等身高，不胖不瘦……眼睛跟頭髮是黑色的。」

折木的視線在空中游移。

「你要我啊？」

折木淺淺地皺了眉頭，將手擱在桌上的文庫本上。

「我正看到精采處。」

「咦？對不起！那我之後再說。」

「沒關係。」折木沿著桌緣移動文庫本，將雙手靠在桌上，接著說道。

「那次我連累了班上同學。雖然我想已事過境遷，看來沒我想得這麼美。我再度跟妳道歉。」

折木向我低頭致歉。

他乖巧的態度反而讓我一鼻子灰。要是他以爲要這種小手段就能蒙混我，可就誤會大了。即使不是出於自願，我與折木相識已久，他的底細都被我摸透了。我早就看出這傢伙想靠道歉來盡速終結這個話題。

「我才不是要你道歉。那我直接問了。你爲什麼要偷懶？」

「還問我爲什麼……」折木頓了一下。「又不是每個人手都跟妳一樣巧。」

「我知道你手拙。可是你難道是因爲這樣才刻成那副德行？」

他要是肯定我的疑問，我就要拆穿他說謊。折木的浮雕作品異常之處才不是手拙害的，而是起因於他大幅無視設計圖的偷工減料。

誰知道折木卻輕輕搔著頭這麼說。

「這也是一個原因，詳細情形我忘了。」

「忘了？」

「我那時滿腦子都是大考的事。畢業製作這種東西做得再認眞，畢業以後也沒有人會去看。所以隨便做做就好……我記憶很稀薄，但當時的我應該是這麼想的吧。」

「是喔。」我稍微探出身子，緊緊瞪著折木看。「你是說你因爲忙著準備大考才偷懶啊。沒有其他理由？」

很遺憾，我並沒有僅靠凝視雙眼就能判斷證詞眞假的好眼力。但我好歹察覺表情的變化。折木這個撲克臉，表情似乎也出現些許的猶豫。

「……」

接著，折木的表情確確實實地出現了變化。

每個人被別人正對面注視，難免會感到尷尬。有時候也會感到難爲情。即便如此，此時的折木雙頰卻略微泛紅。

「折木。」

「怎樣啦。」

我姑且先叫了他的名字，卻又不知道該說什麼才好。你臉紅了？你爲什麼要臉紅？你生氣了嗎？

此後我花了點時間套他話嚇唬他。然而折木只是一再聲明自己忘了、記不清楚，我完全無法讓他吐露眞相。

那我就旁敲側擊吧。

只要我挖出當時的眞相逼問，無處可逃的折木或許也會開口。要達成這個任務，我該怎麼做呢？當晚我坐在自己房間的書桌前想了各種方法。然後我想到去問跟折木同組的人是最上策。

事到如今我實在不記得當年有誰跟折木同一組。這麼一來就輪到畢業紀念冊出場了。紀念冊除了各班的團體照以外，還刊登著幾個人合拍的照片。我不知道其他班級的作法，但我們五班是按照分組組別拍攝。我壓根沒想到這種作法如今能幫上忙。

我從書櫃取出畢業紀念冊攤在桌上，打開五班的頁面。在攝影師的要求下，總是板著一張臉的折木硬是扯起嘴角，與五名以前的同學一起入鏡。要是五人裡有念神山高中的同學就太幸運了。

「嗯……很好。」

眞的有。我用食指輕敲她的照片。

芝野惠。印象中個性有點大而化之，對遇上困難的人卻很親切。她常把「我一定要減肥」掛在嘴上，體型的確是有點豐腴，但在我看來倒沒有本人想得那麼嚴重。

我在神山高中自然時常見到她，去年體育課共同課程還跟她一起上。太好了，芝野很好搭話。雖然我不知道她現在的班級，大概要不了多久就能問到。剩下的事明天再說。我先忘了折木吧。

既然都把畢業紀念冊拿出來了，怎麼能不看看阿福呢？我翻了翻書頁。

我見到尋尋覓覓的中學三年級「福部里志」，滿意地笑了出來。

「哇……好稚氣！」

阿福現在也長得像女生，不太像高中二年級。但像這樣看起以前的照片就看得出來，他還是有改變。我想必也是一樣。

好了，養眼時間結束。接下來是寫作業的時間。

隔天，找出芝野目前的班級比我想像得還要簡單。透過朋友詢問，問到第二個人就掌握到芝野在E班。得知這個消息是在第三節課以後，但我決定等到午休再去詢問。

到了午休，不管怎麼說總是要吃便當。雖然如此，我中午其實肚子也不太餓。阿福曾說我這是早餐吃太多，我儘管覺得有理還是踩了他的腳。正因如此，我轉眼間就解決了午餐。朝E班裡頭望去，我一眼就見到芝野，但她還在用餐。我在走廊上亂逛打發時間，等到她差不多吃完以後再進入E班教室。我好歹也度過了長年的校園生活，但不知怎地進到別班的教室還是會緊張。

芝野與朋友正開開心心地在聊天。減肥看起來還沒有發揮出成效。我一走近，她便注意到我，立刻露出微笑。

「這不是伊原嗎？好難得啊。怎麼了，妳有事要找誰嗎？」

「對啊，有點小事。」

「要找誰？我幫妳叫。」

「我有事想問妳。妳現在方便嗎？」

芝野似乎一點也不感到訝異，爽快地回答我。

「好啊。我們去旁邊。」

我跟芝野站在E班的窗邊談話。有人打開了窗戶，清涼的風吹進教室。總覺得中學時代我也曾像這樣和人交談過，莫名地觸動了我的記憶。

「所以是什麼事？」

「我星期天遇見了池平。」

「池平啊。眞是懷念。聽說她在玩音樂。」

我有點訝異。

「妳居然知道。她現在正愁沒有主唱。」

「這樣啊。」芝野的臉色難看起來。「那妳要幫她唱嗎？還是妳在幫她找歌手？」

芝野的態度看起來像是很想幫忙，擔任主唱太過強人所難。我連忙擺手澄清。

「不是啦，我不是這意思。當時我們聊到以前畢製的事。就是那個浮雕鏡框。」

「……原來如此。」明白到我的意思，芝野不經意別開了視線。「要講到什麼時候啊？不過我也不意外。」

我想過好幾種問話的方法，但最後我決定一五一十地說出一切。我不希望隨便蒙混以後被她反問，更重要的是我不想用會令自己內疚的手段。於是我告訴她。

「我現在進了古籍研究社，折木也是社員。我說出了這件事，池平就露出了非常不屑的表情。沒辦法。」

「原來是提起了折木。還有人對這件事耿耿於懷啊。」

「但我現在想想覺得怪怪的。」不知不覺間我的語氣激動起來。「折木不是平常心不在焉又很怕麻煩嗎？」

「我跟他沒說過幾句話，不過的確有這種印象。」

「可是我總覺得他不是會偷懶的人……妳還記不記得長田還誰在體育祭時謊稱肚子痛，翹掉了接力賽？」

芝野嫌棄地點頭。「我當然記得。代跑的人就是我。」

「是喔。長田他們還眞是爲所欲爲。合唱比賽的時候也是。」

唉唷，差點就要敘舊起來了。午休時間可不長，我打斷自己的話，硬是拉回原題。

「不管這個。」我稍微整理呼吸，開口詢問。「我不懂爲什麼畢業製作是折木一個人刻的。作品應該是整組一起做啊。但我印象中卻是折木一個人提交，變得好像全都是他的錯……爲什麼會這樣？」

折木手拙這件事用不著他本人承認，我也都明白。我不明白的是爲什麼手拙的折木扛下製作浮雕的任務。在我的組別裡，接下這任務的是我與三島兩人。要是折木在我們組別，他大概根本不用碰雕刻刀。

儘管我早預料到，但這個問題似乎還眞的碰觸了芝野的痛處。她啞口無言，表情也變得冷峻起來。不過就算我的語氣聽起來有譴責的意味，我也無可奈何。

即使如此，芝野還是回答了我。

「那是折木自己說要接的。」

「……真的啊。」

「他說有人幫忙，三兩下就能解決了，就把設計圖與板子拿回去了。我們信了他的話……這樣講聽起來大概很假吧。既然他自己都這麼說了，大家聽了也都歡迎他這麼做，變得像是把責任硬塞給他。」

這跟我們組的情況一模一樣。用一句話暗示男生他們不用做事，他們隨即一哄而散。

「所以。」她嘆了一口氣。

這個念頭雖然無關緊要，但我想要是我們還是中學生，芝野大概也不會這麼疲憊不堪地嘆氣。

「我們其實應該要跟折木道歉。」

「……是啊。」

儘管我同意了她，我並沒有認爲芝野應該道歉。不知道芝野是否能懂？只靠表情做出表示，實在很難傳達想法。

前年冬天，折木獨自承擔了畢業製作，接手一個人刻不完的浮雕。我的直覺很準確，那傢伙果然在打什麼主意。

問題剩下一個。

「折木口中那個『有人』是指誰？」

雖然我開口問了，卻也不期待回答。我不認爲芝野跟折木交情好到會聊這種事，她應該不清楚是誰。

關於神祕第三者的身分，我心中就一個人選。折木稱得上是朋友的男生，我只知道一個人。那就是阿福。但折木不太可能指望阿福的協助，就包下所有的工作吧。

當我在思考這些事的時候，芝野一副拿不定主意的樣子。我原本已做好準備聽見否定回復的準備了，芝野卻冷不防告訴我答案。

「鳥羽麻美。」

「啥？」

「折木想拜託的人，是一個叫鳥羽麻美的女生。」

我沒聽過這名字。看來她應該是中學三年跟我都沒有接點的女生。還是我其實曾在某處聽過她的名字？

「好像是他女朋友吧。」

嗯——我果然沒印象。雖然鏑矢中學的學生數量比神山高中還少，一學年應該也超過兩百人，有我不認識的女生也不足爲奇。

……想到這裡，我才終於理解我聽到的那句話是什麼意思。

「咦，妳說什麼？」

「女朋友。」

我不喜歡自我暴露。但這一刻眞的讓我深刻思索起自己的個性。

我沒料想過聽到難以置信的事時，自己竟會以響徹整班教室的音量大喊：「什麼！」

我受到所有在午休時間留在E班的同學的注目禮，趕緊用手遮住嘴。慘了，我一定很吵。但怎麼會發生這種事？他可是折木耶？

芝野壓低聲音，向還沒從混亂中恢復的我透露。

「我問過他一次畢業製作何時可以完成。然後他跟我說，要看麻美。所以我隨口問他，你是說鳥羽麻美嗎？結果他似乎非常訝異，張著嘴說不出話來。他大概沒想過我跟麻美認識，以爲他們的關係不會穿幫吧。」

「咦，不過……妳記得眞清楚。」

我想說的不是這個啊！

「因爲我很訝異會出現麻美的名字，也很驚訝折木有女朋友。只不過……」芝野苦笑。「我的反應沒有剛才的妳那麼大。」

接著芝野稍微從我身邊退開，大概是在示意要結束話題。望向牆上的時鐘，午休剩不到五分鐘。

「妳如果想找麻美，就去攝影社吧。我上高中就沒跟她說過話了，但我在KANYA祭見到了她的攝影作品。」說完以後，芝野又戲謔地補了一句話。「對了，折木也知道麻美在哪裡吧。」

想深入了解畢業製作的缺陷，鳥羽麻美的名字與所在處是十分重要的情報。

儘管我直覺如此，放學後我卻直奔地科教室，而非攝影社的社辦。我發出連自己都覺得大聲的腳步聲登上階梯。我要狠狠地教訓折木這小子。妳又不知道去社辦能不能遇見折木，是說妳要狠狠地教訓他什麼……我無視腦海中這些冷靜的聲音，爬上專科大樓的四樓，推開地科教室的拉門。

折木也在。他坐在跟昨天同樣一張椅子上。

要是那傢伙只有一個人，我大概會掐住他的脖子把他的頭搖來搖去吧。但他不是孤單一人。小千正坐在折木的斜前方，露出笑容。小千注意到我，便舉起嬌小的掌心。

「摩耶花同學，妳來得正好。我剛剛聽見了很有趣的故事。」

小千，先別管這個了。聽我說，這傢伙他……！

我的腦袋倒沒混亂到脫口而出。我深呼吸了一口氣。冷靜點，伊原摩耶花。妳還沒查證完。

「是什麼樣的故事？」

折木回答了我的問題。

「老姊跟我說的。該說是她的豐功偉業嗎……是個很蠢的故事。」

折木明明平常都臭著一張臉，現在的表情倒是溫和許多。

小千彷彿神來一筆似地將雙手在胸前拍合。

「折木同學，麻煩你也跟摩耶花同學從頭說起吧。」

「從頭？」折木的口吻頗不耐煩。小千興奮地複述。

「沒錯，從頭。因爲從一開始就很有趣啊。再說……」

「再說？」

「其實你說到一半的時候，我就有點在意一件事。」

折木一下子垂頭喪氣起來。

「從頭嗎？我想想看。」

「雖然是第二次了，但麻煩你不要省略細節。」

折木顯然又是想省略中間過程，他對小千露出哀怨的眼神。

小千能重返笑容是好事。升上二年級以後出了一點狀況，更令我深感如此。

……在小千的面前，我實在不敢提起折木的「女朋友」。

再說這件事十之八九是芝野誤會了。就算有人站在折木面前指著自己說「我」，接著誠心誠意地說「喜歡」，最後指著折木說「你」，折木這魯鈍的傢伙也會沉思起這是什麼意思。芝野怎麼會相信這傢伙瞞著大家談戀愛？

4

當晚我打電話給阿福。

折木的故事雖然自以為是卻也有趣，我磨磨蹭蹭地意外待很久，但阿福沒到地科教室來。最後一次碰到他是星期六，也就是說我有整整三天都沒見到他了。這實在非同小可。

我選擇了手機通訊紀錄最新一條號碼撥打。就在撥號音即將響起的時候，耳邊傳來了阿福的聲音。

「嗨。」

「啊……你電話接得眞快。」

我聽見阿福的竊笑聲。

「我正想打給妳，剛剛就在用手機。我再按一個鍵就能撥號，妳就打來了。」

「原來如此。」我跳上床鋪，趴在床上。「我今天聽說一件很奇怪的事。」

「什麼事？」

我舔舔嘴唇。「你知道鳥羽麻美這個人嗎？」

他頓了一會。我彷彿可以見到電話另一端阿福疑惑的表情。

「我知道啊。她是攝影社的吧。我聽她們社長抱怨過，她不知道在堅持什麼，始終不肯參加學生攝影競賽，社長很頭大。」

「阿福你也認識攝影社社長啊？」

「我們是透過委員會認識的。」

「這樣呀……」

阿福認識的人裡頭有我不認識的人，我感到心頭一沉。我不喜歡這樣的自己。我吐了一口氣揮別沉重的心，詢問阿福。

「聽說那個鳥羽同學也是鏑矢中學畢業的。」

「好像是吧。」

「你聽過關於她的事嗎？」

有人說她是折木的女朋友。萬一這件事是真的，阿福一定會很震驚吧？

坦白說跟阿福套話有點好玩。在無傷大雅的狀況下打探底細，就像是某種一步一步依序破解的遊戲。

然而阿福的回答脫離了平時的規律。除了我以外的人大概聽不出來，阿福的聲音有些黯淡。

「算是聽過啦。摩耶花，妳找鳥羽同學有事嗎？」

「對呀。你聽得出來啊。」

「當然囉……既然如此，妳最好小心一點。」阿福的聲音逐漸嚴肅起來，我從床上起身，正襟危坐起來。

「鳥羽同學對鏑矢中學的同年同學很反感。妳如果想跟她順利對話，最好不要提起中學的事。」

我好想問阿福爲什麼。但阿福彷彿很害怕被我追問，旋即又打起了精神。

「不說這個了，妳聽我說。我星期天眞是累慘囉……」

我無法打斷開始滔滔不絕的阿福。儘管我也覺得不太對勁，馬上就無所謂了。

誰教電話不方便多聊。我也想跟阿福說點開開心心的話題。

就讀神山高中都超過一年了，我從來不知道學校裡有暗室。據說是附設於化學準備室裡頭。攝影社的社辦似乎就是那間化學準備室。

昨晚我跟阿福通過電話以後，就翻開畢業紀念冊確認鳥羽麻美的長相。她除了戴眼鏡以外沒什麼醒目特徵，硬要說的話頂多就是身材偏瘦。但這種印象是單獨看鳥羽麻美才會產生的印象。要是看了畢業紀念冊裡所有團體照，就會發現她在某一點上有點奇特……那就是她幾乎沒有笑容。

總之認得她的長相就是個優勢。放學後來到化學準備室的我，認出在社辦裡頭的女生不是鳥羽麻美。社辦裡還有一名自然捲的男生。看他胸前的徽章即可得知他是三年級。我告訴他，自己想找鳥羽麻美。

「鳥羽學妹嗎？」他摸著下巴回問。「妳急不急？」

我其實也沒有急的理由。不管折木的畢業製作有什麼內情，那都是早在前年冬天落幕的事了。我想知道他的理由，當然是越快越好，但也不是非得這一兩天就找出理由不可。

「不會。不方便的話我下次再來。」

我以爲鳥羽同學在暗室。沒想到三年級的男生喃喃低語：應該沒關係吧，接著輕易地告訴了我。

「她在屋頂。」

「屋頂？」我一字不差地回問。

即使我不知道有暗室，也知道這間學校沒有通往屋頂的階梯。畢竟古籍研究社的社辦就在頂樓。要通往屋頂，只能攀爬架在牆壁上的鐵梯。梯子的盡頭是一道沉甸甸的鐵門，雖然我不曾試過，但我想這道門自然也上了鎖。

「沒錯，屋頂。別告訴其他人。她有屋頂那扇門的備份鑰匙。」

我很疑惑那是攝影社代代相傳的鑰匙，還是鳥羽麻美的私人物品，但這無關緊要。我道過謝便離開化學準備室，踩上熟悉的專科大樓樓梯。我不急著跟鳥羽同學見面，但到屋頂的機會不可多得。並不是笨蛋與煙與摩耶花喜歡被捧得高高的，但我還是想上去看看。

到四樓，我見到地科教室的門關了起來。裡頭有人嗎？折木連續來了兩天，今天可能就沒來了。至於阿福也差不多該來一趟了，待會再去看看吧。

盡頭的樓梯間上頭，白色的牆面上架著梯子。我知道這玩意的存在，卻不曾想過上去看看。我望向上方，立刻就注意到梯子底端的鐵門略為開啓。屋頂上的確有人。

「……好。」

我輕握拳頭提起勁，爬上梯子。

上頭雖然沒有任何地方寫著禁止進入，以常識判斷，很難想像學校會歡迎學生跑去屋頂。加上我沒仔細觀察過，印象中神山高中的屋頂的確沒有圍籬。一想到要是老師發現會震怒無比，攝影社的鑰匙也會被沒收，我爬著爬著就感到心急。

攀爬垂直的梯子出乎意料地需要臂力，我感覺細細的踏板彷彿嵌進我的掌心裡。早我一步爬上去的人的體溫在梯子上已不復存留，每上一階就會被冰涼的踏板奪走一點體溫，這令我不快。

儘管沒說出口，我在內心嘿咻嘿咻地發出吆喝聲，逐漸向上爬。說是這麼說，踏板還不到十條，過程雖然辛苦，應該也沒花上多少時間。我將手伸向通往屋頂的鐵門，門輕易地彈開了。我原本還預期會受到風壓阻礙，眞是大失所望。

我將自己的身體撐上屋頂。

學校的屋頂沒有任何人打掃，污漬斑斑駁駁。屋頂上有個女孩架著三腳架。她沒注視著取景器，也沒調整相機的方向，她只是單純站在原地。

鐵門開啓的聲音很小，難怪她沒注意到。她緩緩轉過身，漆黑雙眼直直盯著我。

「……鳥羽同學？」

「妳是誰？」

我第一次知道這句話能蘊含如此深刻的排拒語氣。

她就是鳥羽麻美，長相跟我在畢業紀念冊見到的一模一樣。

但我不禁自問，這個人眞的是鳥羽同學嗎？用一句話形容紀念冊裡的她，就是沒個性。見到藏在照片中的她，我還覺得要是在走廊擦身而過，大概也不會記得她的臉。

現在置身屋頂上的她就不同了。並不是長得不一樣，而是她渾身上下都在排斥我這個入侵者。她豈止是沒個性，感覺甚至會出現在夢裡。我後來才注意到她沒戴眼鏡。我真後悔自己抱著看戲的心態闖入她的私人領域。但爲時已晚，我縮起小腹，鼓起勇氣。

我說道。

「我是二年C班的伊原摩耶花。妳是鳥羽麻美同學吧？」

聽見自己的名字，她老大不高興地別開了視線。「是社長告訴妳的吧。」

「是一個自然捲的男生告訴我這裡的，我不知道他是不是社長。」

「臭小子。」她痛罵。「……那麼，妳還知道有我這個人，是找我有事嗎？」

「對。」

要在露天環境對話，鳥羽同學與我隔得實在太遠。我向她走近幾步。

「我有些話想問妳。妳現在方便嗎？」

她的唇邊透出挖苦的笑意。「妳都跑到這裡來了，我怎麼可能不方便？」

說得也是。

「妳問吧。想問什麼？」

我想起了阿福的忠告。他叫我最好不要問中學時代的事。但我也無計可施。

「我想問畢業製作的事。」

「……什麼東西？」

「鏑矢中學的畢業製作，就是那幅大鏡框。」

我察覺到她的身體僵硬起來。鳥羽同學對「畢業製作」這個詞有明顯的反應。我沒有狂妄到自以爲光見到表情就能分清楚心情，然而我清清楚楚地明白現在鳥羽同學的態度正在轉爲強硬。在她完全排拒我之前，我只能跟她攤牌。我拉高了聲音。

「我不知道鳥羽同學清不清楚這件事，但那次畢業製作使得一個男生招惹眾怒。就是以前五班的折木奉太郎。他繳交了偷工減料的浮雕，害得負責設計的鷹栖同學嚎啕大哭。但我現在還是覺得很奇怪。折木雖然是個懶惰鬼，卻沒有自私自利到會搞砸全體畢業生一起製作的紀念品。於是我發現他偷懶是有原因的。我一調查，鳥羽同學妳的名字就浮上檯面了。折木、鳥羽同學妳以及畢業製作之間，到底有什麼關聯？還是說妳們果眞沒有關聯？」

聽見我的疑問，鳥羽同學笑了。那是不含親切也不含溫暖，覺得一無所知的我極其可笑的冷笑。校舍的屋頂沒有風，空氣很暖和，天空是一片恰好的湛藍。然而我不由得感到身子發冷。

鳥羽同學開口。

「知道了又怎樣？」都是過去的事了。一切已宣告結束。鳥羽同學是這個意思。但並非如此，這件事還沒結束。

「我要道歉。」

鳥羽同學皺起眉頭，重複我的話。「道歉？」

「沒錯。我要道歉。」

「跟誰？」

「這還用說嗎？……跟折木。」

班上每個人都譴責折木偷雞摸狗，譴責他出於麻煩毀了中學時代最後的回憶。而到畢業爲止，折木的身影開始越來越常從教室消失。

他總是跑來圖書室，在這裡讀書……而我即使在圖書室，也總是別開眼不肯看他。畢了業，升了高中，當那傢伙出現在神山高中的圖書室時，我心裡也有些芥蒂。折木不值得信任，是個敷衍的傢伙。他不夠格當阿福的朋友。即使我沒有清楚地意識到自己有這種想法，但應該存在於我的心中。

一切都源於那塊浮雕上筆直的藤蔓。那條藤蔓如果只是單純的偷懶，當年的全體畢業生自然有正大光明的理由能瞧不起折木。

但如果說並非如此呢？

鳥羽同學再次譏諷我。

「妳覺得他會原諒妳嗎？我看很難說。」

不過果然她也認識折木。鳥羽同學對大吃一驚地抬起頭的我說道。

「事到如今妳爲什麼又要追究這件事?不過,原來是這樣啊。折木同學繼續被仇視確實是個問題。」

說出折木的名字時,鳥羽同學的聲音有些喜悅,也有些眷戀。我又想起了先前不怎麼相信的「女朋友」一詞。

「鳥羽同學,折木是妳的……」

「我內心其中一名英雄吧。」

折木是英雄?

現在的鳥羽同學臉上甚至掛著笑意。

解釋可以留到後頭。我想趁她身上排拒的氣息消失之時套出更多話。我追問起來。

「那妳怎麼看畢業製作?」

「我想想。大概就像詛咒被解除了。」

「折木到底對畢業製作動了什麼手腳?」

鳥羽同學泛著笑意回應我。

「妳猜呢?我又沒理由跟妳從實招來。妳要是前年冬天問我同一件事,我可能還會與高采烈地告訴妳吧……我只能告訴妳,妳說妳怨恨折木,眞是差勁透頂。」

事過境遷，她已經沒興趣提起這件事了。

起風了。風勢輕柔，待在連扶手都沒有的屋頂上仍令人感到害怕。我的表情看起來大概嚇慘了吧。鳥羽同學失去興趣似地聳聳肩說道。

「想知道的話就去看那面鏡子吧？只不過除非妳整個人倒過來，不然大概也看不出個所以然。好了，我還在進行社團活動。妳打擾到我了，可以離開了嗎？」

她就要轉過身去。我想起了小千的笑容，那張她昨天聆聽折木故事時露出的側臉。

「等一下，還有一件事。」

「……妳真是糾纏不休。」

我抱著此生僅此詢問這件事一次的決心，詢問正蹙著眉的鳥羽同學。

「妳進到這所高中以後，跟折木見過面嗎？」

幸虧鳥羽同學沒有對我的疑問多作解讀。

「我想讓折木同學永遠當我的英雄。」

「……」

「要是見了他跟他說話，我豈不是會厭倦他？」

這次她終於轉過身，蹲低身子望向取景器。顯然她不會再回答我任何問題了。

5

到頭來問題還是出在那面鏡子上。

我從屋頂下來，沒繞去地科教室。雖然不甘心，鳥羽同學點出的「事到如今」，也是有幾分道理。我要是抬出鳥羽麻美的名字逼問，折木或許也會鬆口。但總覺得端出我該道歉的理由逼他吐實，有點不太對勁。

阿福如果在地科教室，我也想見他一面。但關於畢業製作這件事，阿福跟折木分處於不同班級。我要是跟阿福坦白一切，討論折木爲什麼有所隱瞞，似乎不怎麼正大光明。現在就先忍著吧。

我趕往普通大樓，回去拿我丟在教室的書包。看看牆上的時鐘，時間還不算太晚。距離鏑矢中學的放學時間還有一段空檔。

高中生不能進去很多地方。比方說國家法規規定的地方，地方法規規定的地方，還有校規規定的地方。到處都是高中生禁止進入的地方。

而要是說起沒有任何禁令，卻會讓高中生卻步的地方，就屬中學母校了。至少我是這樣的人。

站在鏑矢中學的校門前，看著入口前花壇綻放的萬壽菊與嘉德麗雅蘭，我感覺自己的臉頰都在發燙。田徑社與棒球社在操場練習。銅管樂社試吹的音色闖進耳中。每幅場景應該都跟神山高中相去不遠，為什麼踏進校門就是這麼艱難呢？

理由很清楚。因為我已經笑中帶淚地離開了這個地方。一度畢業過的地方，再也無法返回，也不能返回。

我低頭看著我的打扮。我穿著這個城市任何人都知道的神山高中制服。我是否該折回家一趟，換成鏑矢中學的制服呢？不知該說是幸運還是遺憾，我幾乎沒有長高。雖然未來還長得很，我不得不承認現在的數字實在不高。我要是穿上中學的制服，大概也能自然融入。

想到這裡，我用力左右搖晃腦袋瓜。我在想什麼啊？這根本是在角色扮演吧。別策劃沒意思的計謀，直接衝了吧。說起來不管心情再怎麼尷尬，不過就是走進中學裡頭，沒有恐怖到需要勇氣。

好，走吧。

穿過校門以後我才發現，剛才的我走路時同手同腳。

入口分為學生用、來賓用以及職員用。我想我不算來賓，還是從學生用的出入口潛進去比較好吧。但仔細想想，學生用的出入口沒有提供外人使用的室內鞋，這樣我沒辦法在校內行走。抱著自己不是賓客的歉意，我只好來到來賓用出入口。

要是來賓出入口有櫃台，我大概也能輕鬆點。如果能向櫃台詢問：「我是畢業生伊原，可以進去一下嗎？」櫃台回答我：「好啊。」我的身分就獲得了認證。但鏑矢中學的來賓用出入口總是空無一人地敞開著，彷彿在告訴來賓：只有心裡沒鬼的人才能通過這扇門。既然都跨進校園內了，總不能一直維持膽戰心驚的狀態。我快速步入校舍內，脫下鞋子，自行從室內鞋櫃拿出用金色字樣寫著「鏑矢中學」的咖啡色拖鞋。

那面鏡子被命名爲「回憶之鏡」。這命名毫無創意，但總比奇怪的創意來得強。鏡子鑲上壁面，是我在學時期的事，因此我也知道鏡子放在哪裡。鏡子位於兩座樓梯其中一方最下階面對的牆壁。雖然並不是怕被盤問才想速戰速決，我還是毫不猶豫地直接前進。

距離放學時間還有三十分鐘。校內雖然還感覺得到有人在活動，走在走廊上卻沒遇見任何人。我一方面鬆了一口氣，一方面又有些落寞。如果能見到穿著水手服的女孩，想到我直到去年三月也是那副扮相，總覺得心頭也能溫暖起來。偏偏走廊一個人都沒有，我心頭只有鳥羽同學那句話反覆響起……她說「詛咒被解除了」。

這是什麼意思？要說詛咒之鏡，難道是指白雪公主？那應該是魔法之鏡吧。深夜對照的鏡子或許也是一種詛咒之鏡，可是「回憶之鏡」只有一面。說到底如果鏡子眞是詛咒，那「解除詛咒」又是什麼意思？

我東想西想，一路上沒碰見任何人，就來到了「回憶之鏡」前。「……這面鏡子原來這麼小。」

這是第一個想法。

見到小學，總會驚嘆裡頭用具設施什麼都很迷你。這大概只是因爲我們的身體變大了。然而最後一次見到「回憶之鏡」時，我的體型與現在幾乎沒什麼差異。即使如此，牆上的鏡子卻小得令人失望。

不對，從鏡子能輕鬆映照全身這點來看，高度應該有兩公尺以上。一般來說這就夠大了。這一年多以來，我心中的鏡子兀自膨脹了吧。

「眞的好懷念啊。」我伸出手指。

這個鏡框是由全體畢業生──至少表面上是全體畢業生合作雕刻而成。我對鏡框的全貌沒什麼執著。雖然組裝時正好在現場，實際的黏接作業是由老師經手，我實在無法產生鏡框是由我們學生親手製作的實感。不過點綴鏡子左側的「銜著果實的鳥兒」，毫無疑問是出自我與三島的手筆。以前我們管牠叫麻雀，現在一看果然是蜂鳥。要是中學時代就知道牠的眞實身分，就可以雕得更像蜂鳥了。

鏡子一旁貼著塑膠製的名牌。「回憶之鏡（設計：鷹栖亞美）」的文字底下，寫著我們的畢業年份。

「鷹栖同學的名字留下來了。」

畢業前我沒注意到這件事。我一方面對於她的名字可以長存校內感到有些羨慕，另一方面又慶幸上頭並非留著我的名字。

除了尺寸，另一個與我印象有出入的，就是環繞鏡子的藤蔓粗細。不知怎地，我印象中的藤蔓是大大方方穿過十公分見方組件的粗大藤蔓。然而實際上藤蔓最粗的地方不過就兩公分粗，相較之下彎彎曲曲的形狀佔據了許多面積。

我不禁低語。

「六十分吧。」

中學時代的我認爲鏡框設計堪稱中庸平穩。

但現在一看，老實說藤蔓太過波折，繁冗的感覺揮之不去。尤其是裝飾鏡框下方的部分過於斧鑿。藤蔓在四處散葉結果，繞來繞去，上攀下垂，形成圓圈，好不忙碌。再加上樹枝與小蟲這些裝飾，整體有些亂糟糟的。

即使如此，鏡框下緣的設計較爲精緻倒不壞。比起冗贅的上緣好上許多。

接著，我後退一步，鏡子全貌映入眼簾。

我顧著觀察鏡框，鏡中被我忽視的自身倒影，顯示出我一臉嚴肅地抱著手臂的模樣。

「……詛咒之鏡啊。」

鏡子本身只是老師之類的人訂購的普通鏡子。要是阿福在，大概會解說起鏡子是如何反映出影像。我可不覺得影像成因跟詛咒有關。

若說鏡子被詛咒了，我想應該還是跟我們雕刻的鏡框有關。

「可是詛咒解開了。」

大概是折木的舉動解開了詛咒。

這麼一來關鍵是？我的視線緊緊盯著環繞鏡子的曲線中唯一的直線。打橫的藤蔓。折木雕刻的組件。

詛咒。

「嗯……」

鳥羽同學還說了些什麼？折木是英雄。見了面會厭倦他，因此她跟折木沒再見面。還有呢？

看不出個所以然。她說我看不出個所以然。我就算整個人倒過來，看不出個所以然。

「咦，好像不對。」

不對。當時我也覺得她說法有點奇怪。

鳥羽同學說的不是「就算整個人倒過來」。她是說「除非整個人倒過來」。

整個人倒過來。

「……我穿著裙子耶……」

要是我也拉阿福過來，就可以在倒立的時候叫他幫我壓住裙子了。

整個人倒過來。倒過來。

「啊，難道說？」

我從口袋取出手機，啓動攝影功能，將鏡頭對準鏡子。鏡中的我也對著自己舉起手機。

快門聲是簡單的「乒」一聲。

接著螢幕上顯示出我拍下的照片，我上下反轉握著手機。

「……是這樣啊。」

我在近晚的中學裡獨自一人囁嚅著。

6

地科教室。

今天小千不在。只有折木與阿福，還有我。

說給阿福聽應該不礙事。我來到霸佔在老位子上的折木面前，不發一語地攤開列印出來的照片。

折木非常震驚，這也是難免的。要是有人突然在我面前排起照片，我也會很困惑發生了什麼事。但在我全部排完前他沒開口，阿福也沒有。

我拍下的照片是「回憶之鏡」的鏡框下緣。包含折木「偷工減料」的部分，總共有十五張。印了足足十五張照片，我印表機的墨水都用光了。這個週日再拉阿福添購吧。

見到我的手停下動作，折木開口詢問。

「這是什麼？」

死到臨頭還給我裝傻。

「畢業製作啊。」

「是喔。」

「少裝蒜。你口氣有夠平板。」

折木搔搔臉頰。

「昨天我找了鳥羽麻美。折木，你知道鳥羽同學也念我們學校嗎？」

儘管我姑且還是向他確認，但我想這個問題根本不需要問。我們整整一年以上都身處同一座校舍，難以想像會有人連一面也沒見上。

然而折木正好就是那個難以想像的人。

「我不知道，第一次聽說。」

「呃。」

「她過得好嗎？」

她那種拒人於千里之外的氣氛，也算是過得好的象徵嗎？不過她的確散發出一種堅毅的氣質。

「還不錯。」

「這樣啊。那就好。」

「她叫我去鏡子前倒立。」

我動手將十五張照片上下顛倒排放。阿福在折木旁邊，整個過程中沒插嘴攪局。他的沉默反而滔滔不絕地訴說著眞相。折木、鳥羽麻美、畢業製作。福部里志對於這個金三角早已知情。

用普通的方式觀賞，只會覺得藤蔓捲曲得太過繁冗。但要是倒過來看，藤蔓就會浮現另一種樣貌。

環形的藤蔓顚倒過來後成了「I」。

一下下垂一下上攀的藤蔓，倒過來後看起來有幾分像「W」。

這裡是「H」。這裡是「A」。字母是以只看過沒學過的草寫組成，解讀費了我一番工夫。

十五張照片組成了一句話。

“WE HATE A AMI T”

「我們討厭亞美——你說是不是很過分？畢業製作竟然隱藏了這種訊息。」

折木已經放棄無謂的掙扎，他輕輕點頭。

「妳說得對，我也覺得。」他說。

「但是文法有問題。」

「是啊。」

「專有名詞前面不需要加不定冠詞。」

「沒錯。」

「而你刻的組件就是這一塊。」

我指向「A」與「A」之間的組件。折木默默點頭。

剩下的事就用不著跟折木確認了。折木應該充分了解到，我已經發現了眞相。

在彎曲藤蔓掩護下偷渡的句子，本來應該是“WE HATE ASAMI T”。然而折木拿掉一個字母，句子隨即變換語意。

原本針對鳥羽麻美的詛咒因此解開。

「阿福，我昨天去了一趟鏑矢中學。」

「是喔。大家過得好不好？」

「我不知道，我沒遇見誰。但我見到鏡旁的牌子，上頭寫著設計者是鷹栖亞美。」

「這樣啊。」

「要求做這個牌子的人，是阿福你吧？」

阿福與折木對看一眼。

怎麼不跟我講一聲呢？要是跟我講，我也可以出一份力啊。這群男生眞見外。不對，應該說他們眞難搞吧？

鷹栖亞美與她的小跟班在霸凌鳥羽麻美。如果霸凌行爲很明目張膽，說不定也會傳進其他班級的人耳中，但我不記得聽過相關情報。這麼看來霸凌行爲應該是私底下進行的陰險舉動，或是發生在補習班等校外場所。

被委任設計畢業製作的鷹栖亞美，拿畢業製作來找最後一次樂子。那就是全體畢業生送給鳥羽麻美的訊息，只要鏑矢中學不滅就會永久流傳的訊息：我們討厭鳥羽麻美。

可惜折木發現了眞相。折木負責的組件，原本隱藏了「S」的顚倒文字。光是靠這個字母，折木再神通廣大也無法掌握句子全貌。因爲分配給每組的設計圖，僅有該組別負責的部分。察覺有異的折木大概找上了阿福。阿福是負責管理畢業製作進度的幹部，他手上應該有整體設計圖。

看過整體設計圖後，折木跟阿福看出了整條訊息。事已至此，他們無法讓一切喊停，但至少還有辦法變換文字。

組裝鏡框那天，鷹栖亞美會在寒冷的體育館落淚也是理所當然。誰教本來是嘲弄「ＡＳＡＭＩ　Ｔ」的訊息，不知怎地變成了嘲弄「ＡＭＩ　Ｔ」的訊息呢。

我告訴折木。「鳥羽同學說你是英雄。」

我目不轉睛地觀察他。

我就知道。折木的臉頰越來越紅。當我發現隱藏訊息的時候，我也理解爲什麼折木想隱瞞內情了。他的舉動救了鳥羽同學。折木對此感到很難爲情。他不想被別人知道，平常總是謊稱自己是節能主義的自己，儘管是用擺爛的方式，依然救了一名女孩。

眞蠢。

「沒想到現在竟然東窗事發了。我是不是太小看摩耶花了？」阿福打趣地說。折木嘆了一口氣，對阿福說道。

「當時我還在煩惱該刻成筆直的藤蔓，還是刻成『Ｔ』型。」

「我也記得。我還覺得刻成Ｔ也不錯。」

要是折木的組件刻成了「Ｔ」……整句就成了“WE HATE ATAMI T”

「我跟熱海又沒有過節。」

別以爲這種小手段瞞得過我。跟這兩個男生過招這麼久，他們的伎倆我早就看穿了。折木與阿福想用俏皮話與玩笑悄悄帶過，讓這件事「結案」。我可是摸得一清二楚。

我不肯退讓，便開天窗說亮話。

「折木，對不起。我一點也不知道你還有這種考量，還瞧不起你。眞的很抱歉。」

折木東張西望，見到擱在桌子邊緣的文庫本後，如釋重負地湊近文庫本。他彷彿將文庫本當成驅邪符似地拿在手上，撇開了臉這麼說。

「知道了就把照片收起來……我正讀到精彩的地方呢。」

只恨這裡沒有鏡子。我眞想讓他本人瞧瞧自己是什麼表情。

連峰可否晴朗

放學後有直升機飛過。

啪啦啪啦的旋轉聲朝著校園而來，來到近得驚人的距離，始終沒有離去。直升機停留的時間實在太久，正當我都開始懷疑它是否要在校園降落時，聲音才終於遠去。

古籍研究社社辦地科教室裡頭有四個人。我正在看書，里志在寫作業，千反田與伊原與我們隔著一段距離，從剛才開始就在談笑。

大概是直升機的噪音太過響亮，一切都被從中打斷。等到噪音消失，大家不約而同地陷入沉默，氣氛顯得有點異常。我無意打破這段寂靜，卻不禁喃喃自語起來。

「直升機啊。」

至今聽過這麼多次直升機的聲音，唯獨這一天讓我想起了往事。

「我記得小木喜歡直升機。」

我這句話明明是對里志與伊原說的，做出反應的人卻是千反田。

「小木？你是說二年D班的小木高廣嗎？」

「他是誰啊？」

「就是二年D班的同學。」

除了古籍研究社以外沒有參與任何課外活動的我，又怎麼會知道其他班級同學的名字？我闔上手中的書。

「這位小木是妳不認識的人，他是我中學時代的英文老師。里志，你也知道吧。」我一點名，里志隨即將自動鉛筆擱置在桌上，轉身面對我。然而他歪著頭，似乎也摸不清楚狀況。

「我當然知道小木老師，他是我三年級的班導。但我不知道他喜歡直升機。」

這下我可無法釋懷。在各種層面上，里志理當比我更熟悉小木老師。

「我還以爲小木喜歡直升機這件事廣爲人知。」我說著說著瞥了一眼伊原。伊原應該也知道。我、里志與伊原三個人，都是從鏑矢中學升上神山高中，只有千反田和我們不同校。然而伊原雖然注意到我的視線，卻將臉撇得老遠，只說了一句話。

「哦？」

怪哉。里志跟伊原都不知道嗎？平常不怎麼細心觀察學校教職員的我都知道的事，這兩個人卻不知道，感覺不太對勁。再說伊原跟我一直都同班，她怎麼可能不知道？

「伊原，妳記不記得以前某天有直升機飛過鏑中上方？」

「大概有幾十次吧。」

眞是冷淡。但我也沒見過態度親切可人的伊原就是了。

「其中不是有一次，小木突然中斷課程跑去窗邊仰望天空嗎？他癡癡地看著直升機接近後逐漸遠去的模樣，笑著解釋說自己喜歡直升機，接著又回去上課，記得嗎？」

「……對。」伊原露出很不甘心的表情。「你說到這裡我總算想起來了，的確有這回事。原來這個人是小木老師啊。」

「就是小木。」太好了，我沒有記錯。然而里志卻頻頻歪頭。他的腦袋瓜左搖右晃，該不會這是一種消解肩膀僵硬的體操吧？動作戛然而止之際，他如此宣言。

「這就怪了。」

「不管你有沒有跟我抗議，這件事都真的發生過。」

「可是當自衛隊的直升機組成的Squa Dron飛過校園時，那麼多人圍觀，我卻不記得小木老師有特別的反應。」

里志的話裡我有幾點不明白的地方。「Squa Dron是什麼？」

「空軍的編制。」

「你怎麼知道那是自衛隊？」

「我想不出還有哪個直升機隊會用箭頭編隊飛行。」

原來如此。這麼一來疑問就剩下一項了。「你確定小木在場？」

里志皺起眉頭。「……應該在場。我記得見到直升機刺激了我的聯想，於是我就用字典查了『ＡＴＭ』這個字。這樣的話那堂課應該是英文課，應該是小木老師。我的英文一直都是給他教。」

我想伊原跟千反田大概百思不解直升機跟自動提款機有什麼關聯。不過ATM同時也是反戰車飛彈的縮寫，軍用直升機上常會裝備。這些都是題外話。

「你說得對。要是有飛行隊來了，小木應該會衝到操場興奮地手舞足蹈。」

「沒那麼誇張啦。」這只是個比喻嘛。

伊原似乎漸漸回想起來了。

「對，見到直升機很開心的人就是小木老師。這是很久之前的事了。我想應該是剛升上中學不久吧。」

「經妳這麼說，我記得我好像還心想：這間中學裡有些老師好奇怪。」

「不過就像阿福說的一樣，後來我就沒見過小木老師對直升機有所反應了。」

原來是在剛入學時的事。雖然我的記憶都模糊了，但這麼說來，我的確不記得除此之外小木做過相同的舉動。

里志也想起了各種細節。

「比起這種枝微末節的插曲，小木老師還有更猛的傳說。震懾人心的小木傳說。」

「不要隨便幫他亂編啦。」

我還以為里志又要搬弄一些誇大的事蹟，沒想到他很嚴肅地跟我表達不滿。

「才不是我編造的。這是他自己說的。」也對，里志就是個愛聽閒聊的人。我默不作聲，里志露出滿意的笑容，接著抓住寶貴機會開始裝模作樣。「小木老師他……我是有點不相信啦。講了你可能也不會相信。但也不是百分之百不可能的事。」

「你快講啦。」

「根據他本人表示，他活到現在，被雷劈過三次。」

不管小木多愛直升機，或是直升機射出ＡＴＭ，聽在千反田耳裡也只是陌生人的故事。就算千反田有無邊無際的好奇心，也不可能對此感興趣。她在此之前都沒加入話題，但聽到這件事還是出聲了。

「咦？你說的雷是那個雷嗎？」

「沒錯。就是閃電。」

她用食指指向天花板。里志點點頭。

我不知道這件事，默默看向伊原。她大概也了解我的視線代表什麼意義，但從她微微擺頭的模樣判斷，這傢伙似乎也沒聽說。

千反田心疼地皺起眉頭。小木明明與她非親非故。

「三次！真虧他平安無事。」

「被閃電三電啊。」

好一句冷到令人同情的話。裝作沒聽到才是體貼的行爲。

里志彷彿自己沒說過剛才那句話，平淡地接著道。

「聽說三次都沒有直接被擊中，但也沒能全身而退。他說第一次只是昏了過去，身體上還有灼傷的傷疤。」

「這樣啊……人還活著眞是不幸中的大幸啊。」

她說得沒錯，雷擊足以致人於死地。小木外表沒有顯眼的傷疤，個頭不高但散發著強韌的感覺。被雷擊中三次卻沒受到重創，的確是不幸中的大幸。

不過我很在意，一個人眞有可能被雷打過整整三次嗎？

神山市的落雷率並不是格外地高，怎麼唯獨小木一個人就被擊中三次？這也不是里志信口開河。里志有時候會胡謅，但他不會信誓旦旦爲自己的謊言背書。

那麼，是小木在說謊嗎？這也不合理。確實有很多人喜歡吹噓自己的倒楣事，但聲稱自己被雷劈過三次，撒謊也撒得太誇張了。

正當我思考著這些事情，我腦中閃過某種預感。一種不太正面的預感。

我問道。「里志，圖書館裡頭會有舊報紙吧？」

儘管對於我突然轉換話題有些不滿，里志仍回答我。

「有啊。學校的圖書室裡也有少量舊報紙。」

「啊，圖書室裡有的報紙，就只有與神高有關的報導剪報喔。」

這麼說來，伊原的確是圖書委員。偶爾上一趟圖書室，經常會見到這傢伙。

這件事與神高無關，剪報幫不上忙。我抓起肩背包。

「我回去了。我會順道去圖書館，要不要來？」

聽見我對他這麼說，里志一臉狐疑。

「怎麼回事？奉太郎怎麼好像很有幹勁？」

這算幹勁嗎？應該不是。只是預感太過強烈，我坐立難安……

「我只是很好奇。」

就在我如此喃喃自語的瞬間，我覺得氣氛似乎不太一樣。不對。氣氛顯而易見地改變了。里志驚訝地用手摀住嘴。伊原也露出驚愕的苦瓜臉。

里志手忙腳亂，相當驚慌。「奉太郎？你是奉太郎，折木奉太郎本人沒錯吧？你沒被外星人附身吧？還是你被千反田同學附身了？」

「我好端端在這裡呢。」

「折木，你還是回去吧。你直接回家早點上床休息。不要著涼囉。到了明天身體應該會舒服點。」

……我主動出擊有這麼超乎常理嗎？也不想想我是自動自發在呼吸的。不知道圖書館開到幾點，至少不會是二十四小時營業。要是錯過閉館時間可不妙。我還是放棄邀請這群沒禮貌的傢伙速戰速決吧。

正當我想著想著站了起來，有人也同時起身。她就是千反田。

「折木同學，你很在意這件事吧。」

「還滿在意的。」

「你是要去調查嗎？」

「雖然可能不會有任何收獲，總比什麼也不做來得安心。」

「我也很好奇！」

搞、搞什麼鬼？千反田穿過一張張地科教室的桌椅，一步步朝我靠近。她在距離約一公尺前的地方停下腳步，烏溜溜的黑眼珠直直盯著我看。

「這世界上竟然有東西引起折木同學的好奇心，眞相到底是什麼……我很好奇！」

唉。這傢伙其實也挺沒禮貌的。

里志似乎再不解決作業就會大難臨頭，沒開口要跟。反正我也沒特別希望他來。坦白說要是圖書委員伊原願意跟來，想必能幫上大忙，可惜我跟伊原的交情沒好到能開口。

因此到頭來我在校門，只要與千反田會合就好。

時間正逢放學返家的尖峰時段。身穿制服的學生接連不斷地步出文藝型社團興盛的神山高中，踏上歸途。操場上還有體育型社團正在活動，但也差不多到收尾時間。將跨欄捆在一起扛在肩上的田徑社女生，與沿著內野邊走邊回收壘包的棒球社男生映入眼簾。

我上下課都是用走的，千反田則是騎腳踏車。要不了多久，千反田便從停車場所在的學校後方，緩緩騎車過來。

「那我們出發吧。」

她對我這麼說以後，我突然想到。現在神山高中四周不管往哪走，都是放學的學生。我若跟千反田要一起走，她就只能下腳踏車，在學生之間邊走邊推車。我想像那副情境。還是別這樣委屈她吧。

「妳先走吧。」

千反田悄悄看了我一眼。「我可以載你。」她說。

我想像起千反田騎車，我坐在後頭的情境。

不管怎麼想，絕對不能讓這種事發生。

仔細想想，打從一開始我們就不該在這裡集合。千反田要是想見識我調查的過程，我們在圖書館集合就好。我伸手指向道路，請她先走一步。千反田向我致意後正準備出發，我突然靈機一動，又在背後叫住她。

「對了，千反田。」

「什麼事？」她踩在腳踏車上回頭望著我。

「等妳到了圖書館，要是可以搜尋過去的新聞報導，可以先幫我調查小木正清這個名字嗎？小小的樹木端正而清新，這幾個字的小木正清。」

「我知道了。那就待會見。」

我目送著千反田的背影，發覺她跟腳踏車不太搭調。不過她再怎麼像古早時代的女學生，我也不認爲她更適合馬車或人力車。

我也加入了放學的人潮之中。腳步太慢會害千反田枯等，跑步又太過背離節能主義，但加快腳步倒是不成問題。

我低著頭快步行走。市立圖書館與我回去的路線距離不遠，我只需要稍微繞點路。我走在河流沿岸熟悉的通學道路上。雨天我可能繞道走去架著拱頂的商店街，不過大致上我都是走這條路。在校舍一旁形成人群的神高生，有的前往住家，有的前往補習班，有的前往其他各種目的地，三三兩兩地逐漸解散，最後走在河邊的神高生只剩下我一人。

趕路趕累了，我揚起原先緊縮的下顎。這時我注意到後方的機車，稍微往旁邊退讓。不經意抬起目光，正好見到白雪蓋頂的神垣內連峰一如既往地聳立。

神山市位於神垣內連峰山麓。每當在校外教學離開這座城鎮時，少了如屏風般連綿的群山俯視自己，我一方面感到解脫，一方面又感到不安。有三千公尺尖峰綿亙的神垣內連峰甚至能阻擋大氣流動，使得連峰兩側氣候截然不同。這都是聽說的，我根本沒到過實地。地理教科書上寫了這些知識，老姊也說她的親身體驗印證了這點。

別說是日本，就連海外某處，老姊都可以丟下一句「我出去一下」就趕往當地，聳立在我眼前的神垣內連峰，她也爬過好幾次。只不過折木供惠儘管有諸多身分，目前仍稱不上是名登山家。她應該頂多攻克了幾座公認給入門者爬的二千公尺後半的山。

我小學時代也曾被拉去爬山。不消多說，登山自然是一項與節能主義對立的行動。我這輩子大概再也不會上山了。

日落前還有一段時間。我沒忘記千反田還在等，依然花了點時間眺望看慣的山峰。

我會注意神垣內連峰並非偶然。

見到我抵達圖書館，千反田小聲走近我，交給我一張影印紙。

「我找到關於小木老師的情報了。」

其實也用不著特地印下來。我想到影印費大概要十圓，從錢包取出十圓遞給她。千反田一語不發地收下了錢。

千反田幫我找到的資料是去年的新聞報導。

神垣內連峰舉辦登山道美化活動

神山山岳會主辦的鐙岳登山道美化活動自二十六日起開始舉辦。有十一名志工參加，撿拾登山道周圍的垃圾。神山山岳會會長小木正清（39）表示，登山熱潮導致不懂登山禮儀的登山客增加，希望大家能了解到違反登山禮儀可能造成生命危險。

「原來小木老師是登山者啊。」

我的臉色大概黯淡了許多。千反田窺探起我的表情。

「請問……發生什麼事了嗎？」

「沒事。過去的報紙全部都能搜尋嗎？」

「早於五年前的報紙還不行，但可以請那邊的櫃檯幫我們調閱。」千反田回應我的時候，仍對我的態度表露出懷疑的模樣。

聽見小木接連遇上三次雷擊，我突然有個想法。待在平地真有可能發生這種事嗎？或許有可能。我曾聽說世界上有人被雷擊中數十次都還能生還。但我的思考是往另一個方向，而我的猜測成真了。

我不太希望自己猜測的最終結果成真。我邊想邊走向櫃台，詢問坐在電腦前一名戴著銀框眼鏡的年輕女子：「不好意思，我想搜尋報導。」

「好的，請問要搜尋什麼？」

我請她搜尋自己升上中學那年四月至五月的報導。

敲擊鍵盤的聲音流利地響起。女子沒看鍵盤也沒看螢幕，盯著我打字。接著她問我。

「請問有沒有關鍵字？」

我稍事思考。「……山難。」

女子沒問我原因，面不改色地操作電腦。

這個人是圖書館員嗎？以前我一直覺得在圖書館工作的人全都是館員。有一次我的誤會曝光了，被伊原狠狠恥笑了一番。不管她是館員還是工讀生，女子的動作都很迅速，兩三下便查出符合條件的報導。

「共有十二件。需要再縮小範圍嗎？」

「只有十二件的話，麻煩妳直接給我看吧。」

女子旋轉螢幕，將螢幕正對著我。當時的報導全文似乎還沒數位化，僅能用系統搜尋，而系統只顯示開頭。然而開頭就能見到我預期中的文字。

——神垣内連峰山難　搜救陷入膠著——

千反田從默不作聲盯著螢幕的我後方開口。

「……是五月九日的報導。過去的報紙在那邊，我們找找。」她的口吻很嚴肅。

千反田很遲鈍，我、里志與伊原都領會過來的事，往往唯獨千反田摸不著頭緒。但從她剛才的語調判斷，千反田大概察覺到眞相了。我默默跟在千反田後頭離去。

知道日期以後，要找到目標報導不需要多少功夫。我們沒花上一分鐘就找到了。這是五月九日星期五的早報。在鏑矢中學擔任英文老師的小木，大概就是在這一天在課堂上宣稱自己喜歡直升機的。

報導這麼寫著。

神山山岳會員　二人遇山難

神山警察署八日接獲報案，民眾俵田幸一（43）與村治勳（40）兩人在預定下山時間後仍未返家。兩人同屬神山山岳會會員，警方推測他們以神垣内連峰的鍜岳爲中心行進。雖然山岳搜救隊已出動，由於鍜岳周圍天候惡化，搜救陷入膠著。縣警已將搜救直升機移至神山警察署，預定待天候恢復後自空中展開搜救。

「所以……到底發生了什麼事？」

千反田應該大致上也知道發生了什麼事，只是不願出口。這是我自己回想起來，自己說要調查的事，我覺得我有義務提出答案。

我先說結論。「小木並不是喜歡直升機。」

傍晚的圖書館人出乎意料地多。有親子與年長者，與我們穿著相同制服的神山高中學生也穿梭其中，還看得到身穿友校制服的學生。在圖書館要保持安靜，我壓低了聲音。

「小木被雷擊中了三次，應該是真的。但在這座城鎮當個普通的英文老師，怎麼會那麼容易被雷打到？所以我靈機一動，想到小木可能是很常跑去容易落雷的地帶。」

「就是山裡頭吧。」

「沒錯。我猜測小木是名教師，同時也是名登山家。於是我腦中立刻產生聯想，我發現自己好像摸清了他唯一一次宣稱自己喜歡直升機，背後有什麼意義。為了確認我的想法，我才跑來這裡。」

現在，過去的報導正攤在我面前。報導記載著小木隸屬的山岳會會員罹難了。

「為什麼唯有那天小木想看直升機？因為那架直升機具有特別的意義。我想他應該衷心期待那天有直升機飛過。說白一點，他無論如何就是很擔心直升機能不能飛。所以他一聽見聲音，就忍不住去確認機體了。」

光是一名英文老師在意直升機，沒人摸得著頭緒。

然而要是這個人是登山家，理由就深遠得很。更不用說神山市內可是坐落著高達三千公尺，連綿不絕的尖峰神垣內連峰。登山家會在意直升機是否能夠飛行，換一個角度思考，大概就能想見發生了什麼事。登山與直升機之間的關聯，不是空拍就是運送物資。不然就是……搜救。

千反田的聲音細小得宛如自言自語。我覺得理由不只是因爲這裡是圖書館。

「……這則報導提到八日天候不佳，導致直升機無法出動。」

「這樣啊。」

接下來的話我沒說出口。千反田應該也心裡有底了。我不想多費唇舌。

小木所在意的應該是在神山市警察署候命的直升機能不能出動。他在課堂上一邊從ＡＢＣ開始教導中學一年級學生英文，一邊關心神垣內連峰周遭的天候是否恢復晴朗。連峰要是晴朗，直升機即可出動。直升機要是出動了，遇難者獲救的可能性也會提高。

「不知道他當時是什麼樣的心情。」

聽見千反田的呢喃，我再次回想起三年前的往事。

衝到窗邊的小木在直升機的聲音遠去後又回到講台。他解釋因爲自己喜歡直升機。我似乎還記得當時小木的表情。也可能是我記錯了。

「我是不知道他的心情，但印象中小木在笑。」

是因爲他站在我們這群學生面前嗎？

閱讀之後幾天的報紙，見到報導指出尋獲了遇上山難的兩名神山山岳會員遺體。

發現遺體的正是縣警的直升機。

走出圖書館，天已經黑了。這次是預定外的行程，我跟千反田回程走不同的方向。步出正門玄關，正要分手的時候，千反田突然問我。

「請問……」

「啥？」正要轉過身去的我回頭望向她。千反田的頭似乎略微低垂。

「我可以問你一件事嗎？」

「請便。」

「你爲什麼會在意這件事？」

原來是問這個。我不禁露出苦笑。「我主動展開調查有這麼奇特嗎？」

千反田跟著露出微笑。「我總覺得不太像折木同學的風格。」

「說得也是，畢竟我老說沒必要的事不做，必要的事盡快做。」

「不對，並不是這樣。」

我不動的信條就被她這麼乾脆地駁回了。比起訝異，千反田看起來更是有些疑惑，她繼續說道。

「折木同學會爲了別人盡力而爲，我也被你幫了很多次。可是折木同學對自己的事很隨便。但為什麼你今天偏偏想調查自己的疑問呢？真是抱歉，我實在很好奇。」

我覺得她的話有點問題，她似乎有很大的誤會。

但要解決這個誤會大概得花許多時間。太陽下山了。我決定快速回答她的提問。

「聽見雷的事蹟後，我腦中浮現了不好的聯想。」

「你的確說過。」

「要是我的聯想是對的，未來我就必須多加注意。所以我必須調查。」

如果調查是須閉關一週的大動作就另當別論，但不過是翻閱舊報紙，用不著費多少功夫。況且還有助手。

千反田似乎還摸不著頭緒。「多加注意？」

「實際上有這種背景，我就不能輕易宣稱小木喜歡直升機。這很不識相。這麼一來，我就得多加注意了。」

我這只不過是不經意的回答，然而千反田不知為何卻瞪大了眼，一副恍然大悟的模樣。她出人意表的反應害我以為自己說了不該說的話。我歪歪頭補充。

「該說是不識相嗎？一種不知道人家的心情怎麼能大放厥詞的感覺。不過我大概再也不會見到小木了，知不知道他的心情都沒差。」

「折木同學，我覺得你這樣很……」千反田這句話都說到一半了，卻又蠕動著闔起的嘴，隨即露出茫然的表情。最後她只說一句話。

「我不會形容。」

我實在搞不懂她想表達什麼。但既然她自己都不會形容了，我怎麼可能會聽懂。

「是嗎。那就掰囉。謝謝妳的協助。」

「不客氣。再見。」

我們簡短地道別。千反田家很遠，就算騎腳踏車，回到家應該也完全入夜了。雖然是千反田自己說要跟來的，我仍然感到過意不去。這件事應該會成爲人情債吧。

在歸途中，我不經意抬頭仰望。

神垣內群山已然隱沒在黑暗之中。

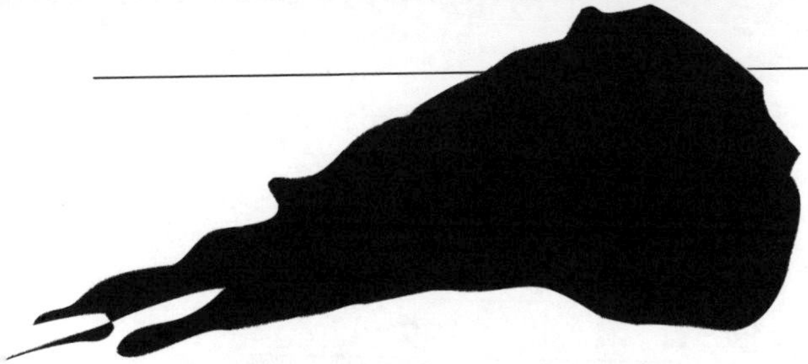

我們的傳奇之作

1

我第一本讀的漫畫書是哪一本？雖然努力回想，但當時年紀實在太小，雖然能想到幾本可能的候選書，卻無法斷言就是哪一本。一頭栽進漫畫世界裡，是我僅存的溫暖回憶。

我家只有起居室有一座書櫃，上頭排放著滿是塵埃的百科全書，以及不曾從書盒中取出的文學全集，沒有漫畫書。大部分的漫畫我都是在阿姨家接觸的。阿姨家有座鐵製書架醜陋俗氣，高度卻足足超過頭頂，從左至右全都塞滿了書。裡頭有一半是過去到現在的漫畫。以前我每天從小學下課回家，總是放好書包以後立刻前往阿姨家看漫畫，等到晚餐時間再回家。跟媽媽不太相像的阿姨在我來訪時，總是會笑著摸摸我的頭，說愛看漫畫的摩耶妹妹今天也來了。接著阿姨就任我取閱任何一本漫畫。只不過現在想起來，阿姨似乎把內容比較兒童不宜的漫畫，都移到書櫃上方我這個小學生搆不到的地方了。

轉機是在我小學三年級的時候。我讀了《火鳥》……印象中應該是這本書。也可能是《狂野七人》或《奔向地球》，總之我比以往還更加沉溺書中時，阿姨很難得地請我來吃點心。我小時候食量很小，阿姨擔心我吃不下晚餐，從來不逼我吃東西，但那天她收到別人送的高級西瓜，想讓我品嘗看看。

「摩耶吃完西瓜再回家吧。」

阿姨叫住我。這麼說對阿姨很不好意思，不過我不記得西瓜的滋味了。我只記得我們閒散的雜談中，阿姨無意間說的一句話。

「書這種東西眞是奇妙，不管誰都可以寫。」

我不記得這句話是在什麼脈絡下說出來的。可能當時我們在聊開車或用無線電都需要執照，只有寫書不需要吧。然而這句話讓我發覺一件驚天動地的事實。

……原來如此。其實我也可以畫漫畫。

注意到這點後，我無法克制衝動，當晚立刻著手創作漫畫。我原先就不排斥畫圖，美術的成績總是在五等第制裡拿到五。我深信自己也能畫得出漫畫。我這個信念，大概只花十到十五分鐘就碎了一地吧。我凝視著自己剛才畫下的彆腳畫作集合體，落下眼淚。我十分懊悔，咬牙切齒，不敢相信事情怎麼演變成這樣。我嘟嘟噥噥地痛斥自己，淚水滑落到筆記本上，最後我痛下決心。

從那天起，我一直畫到現在。

《拉辛漫畫月刊》創立之初，是《辛索漫畫月刊》的分誌。出版社似乎試圖透過重複的「辛」字來強調血統關係，兩者卻有很大區別。與基本上以少年讀者爲主的《辛索》相比，《拉辛》的題材比較中性，帶著一種歡迎不分男女老少的漫畫愛好者的感覺。有好幾本雜誌都會讓人想幫它們加上「爲漫畫愛好者打造」這種文案，而這本次文化風格最不強烈，原則上不會刊登太過小眾難解的作品。我的零用錢與房間空間沒有充裕到允許我搜刮每一本漫畫雜誌，但唯有這本《拉辛》，能讓我每號都在十八日發行日按時購買。

如同其他許多雜誌，《拉辛》也接受讀者投稿漫畫，設置了名叫新大陸獎的新人獎。該獎一年選拔四次，除了會在雜誌上刊登的大獎得獎作以外，還會額外選出幾名佳作，以及二十名左右只有題名會刊在雜誌上的努力獎，附上簡短的評論。

二月十八日是個寒冷至極的星期天，就在被下個不停的雪淹沒的街上，我裝備著圍巾、耳罩與橡膠靴子等我所有的防水防寒措施，前往國道邊的光文堂書店。要我在這種有遇難風險的星期天跑來外頭，我也是千百個不願意，但今天是《拉辛》的發售日。就算我每期都會買，我也不是每一期都想看得連一天都等不及。然而預定今天發售的三月號另當別論。

一步步踩著深至腳踝的積雪，花了平常五倍的時間抵達光文堂書店前，我首先將身上的雪細心撥落，以免弄溼了書本。我無意識地左顧右盼後才進到店裡，吸了一大口空調的暖風，前往漫畫雜誌的櫃位。

就結果來說，我的努力全都白費了。《拉辛》還沒進貨。問了店員才知道如果發售日恰逢星期日，實際發售日可能會微調。沒書就是沒書，我只好悻悻然地回去。

隔天星期一放學後，我請朋友替我處理圖書委員會的工作，沒去古籍研究社與漫研就衝出了神山高中，在終於除過雪的人行道小跑步奔向光文堂書店。我拿起被塑膠繩捆著的《拉辛》抱在胸前，深呼吸後走向收銀台。收銀台的店員是我面熟的女性，她一如往常嬌滴滴地問我要不要把書裝進袋子裡。

「好，麻煩妳。」我回答。接著我嚥口水向她提出請求。

「可以幫我剪掉繩子嗎？」

我的臉頰通紅滾燙，很擔心她會做何感想，但她似乎不覺得這個要求有何稀奇，答應以後拿出剪刀幫我剪斷塑膠繩。

抱著紙袋走出書店，我立刻拿出雜誌。很少有人會在書店前打開剛買的漫畫雜誌。我一邊擔心會被認識的人撞見，一邊伸手翻著書頁。

第十回新大陸獎得獎作品：《狸貓的反擊》，作者是貍穴守。

沒聽過。希望很有趣。

我繼續看佳作題名。入選佳作的作品會刊出一格，但每個格子裡的圖我都沒印象……換句話說上頭不是我的圖。

我仰望冬日清澈的天，吐出的氣都化爲白霧。

努力獎有……田坂市太郎、ＭＩＬＵＬＵ、正田金助、喬治亞佐藤、矢島薰、地衣句入、井原花鶴、春闇魔……

「耶？耶？」

我發出怪聲。正要進入書店的男人朝我這瞥了一眼，我卻不覺得丟臉。

「啊、耶？」

我又看了一次。

井原花鶴！〈塔所在的島嶼〉！

我上雜誌了。我的筆名與我畫的漫畫篇名，上了《漫畫拉辛》的三月號！

我暫且闔上《拉辛》，接著又戰戰兢兢地再次打開。我想一定是我剛才打開的方式不對，把雜誌合起來，內容應該就會不一樣了吧。

但雜誌的內容沒有任何改變。

2

五月裡一個晴朗的星期一，我在導師時間結束後首先到圖書館。我身上同時承擔了漫研、古籍研究社與圖書委員會的外務。圖書委員的排班時間原本是星期五，但從今年四月起一年級委員接手星期一的排班，我想稍微幫忙處理借還書。借還書作業順利結束後，距離日落還有好一段時間。我雖然覺得接下來應該先去漫研露臉，腳步仍朝向專科大樓四樓邊緣的古籍研究社前進。

推開地科教室的拉門，熟悉的開朗語氣立刻迎面而來。

「嗨，摩耶花。妳來得正好！過來吧。」

我見到身處教室正中央的阿福向我招手，臉上自然流露出笑容。

教室裡二年級社員都到齊了，今天一年級似乎還沒來。福部里志與千反田愛瑠，也就是阿福與小千排排坐著，一本冊子在桌上攤開。折木坐在稍遠的位子板著臉望向窗外。

「咦，怎麼了？」

我將書包放在鄰近的桌上走近兩人，小千笑咪咪地向我展示冊子的封面。上頭寫著：

「神山市讀書心得競賽得獎作品集」。

「這是四年前的冊子，昨天整理房間時找到的。我無意間翻開來看，竟然見到上頭記載著出乎意料的名字。」

小千纖細的手指撥開的那頁，裡頭寫著：金獎「《青鳥》讀書心得　小島雅美」、銀獎「《山椒魚》讀書心得　三山次郎」、「《小氣財神》讀書心得　清水紀子」，緊接著在約有五人得獎的銅獎裡頭，出現了「《跑吧！美樂斯（註）》讀書心得　折木奉太郎」。四年前正是我們中學一年級的時候。

「摩耶花同學與折木同學是同班同學吧？」

沒錯，非常遺憾，我跟折木從小學到中學一直都念同一班，因此我也記得他的讀書心得得過獎。不過我沒讀過他得獎的心得文……我還不知道心得文集結成冊了。

「居然選美樂斯。感覺不太像折木會做的事。」

「摩耶花妳真傻。奉太郎怎麼會自己選擇友情故事來寫心得？十之八九是作業的指定閱讀。」

「那我應該也記得才對。美樂斯真的曾經出現在指定閱讀過嗎？」

小千略略歪著頭說道。

「我記得我中學一年級時的暑假指定閱讀書籍，應該是阿克塞爾．哈克的《小國王十二月》。」

經小千這麼一說，似乎的確是這本書沒錯。

我們三人的眼光不約而同落到了折木身上。折木雖然沒朝我們這裡看，似乎也明白了我們的沉默代表什麼意義，他輕嘆一聲轉向我們。

「是圖書館推薦我看這篇寫心得……畢竟這故事篇幅很短。」

原來如此，那我就懂了。

阿福笑得不亦樂乎。「摩耶花我跟妳說，這篇心得棒透了。我深深感覺到奉太郎從中學一年級的時候就是奉太郎了。」

小千也點點頭。「我也讀得津津有味。我絕對寫不出這種心得。」

這兩個人說得這麼誇張，害我也想讀了起來，但還是先跟折木確認。

「我可以看嗎？」

折木雖然一臉老大不甘願，卻也回答我：「看啊，反正這是公開資訊。」不直接表示他不想讓我讀，而在語句中暗示不想讓我讀，但冊子本身公開，因此他無法阻止我，還眞像是折木的風格。於是我承蒙他的好意，從小千手上接過冊子。

原文應該是手寫的稿子，冊子已經整理成印刷體了。

《跑吧！美樂斯》讀書心得

折木奉太郎

讀了跑吧！美樂斯，我覺得很好看。美樂斯與薛利倫提屋斯平安無事眞是太好了，也很高興迪歐尼斯能改過向善。希望他這次改過能夠持續下去。

註：日本文豪太宰治所著小說，敘述牧羊人美樂斯行刺國王失敗，處決前夕請求國王放他回鄉參加妹妹婚禮。美樂斯以好友薛利倫提屋斯的性命爲擔保，一路上遭逢困境，最終仍準時返回，國王因此也改變想法。

美樂斯原本根本不需要用跑的。美樂斯的村子距離王城有十里，也就是四十公里，用走的也只需要走十小時。剛離開村子的美樂斯一開始會跑步，是爲了斬斷留戀，遠離村子以後就恢復步行了。

美樂斯最後之所以必須全力奔跑，有兩個理由。一個是因爲先前的豪雨沖斷了橋墩，另一個更關鍵的理由，則是因爲他被山賊襲擊了。美樂斯雖然被山賊包圍，卻至少打倒了四個人突破重圍。我覺得他很強，這種事一般人是辦不到的。然而美樂斯卻也因此精疲力竭陷入昏睡，導致他後來必須用跑的。

美樂斯身上沒有任何值錢的東西。打從一開始美樂斯自己就宣告過：我除了性命以外一無所有，而看他的穿著打扮應該也能明白這點。那麼山賊們到底想做什麼？他們自己也說了他們的目的。美樂斯告訴他們自己除了性命以外一無所有，而山賊們回答他：我們正想要你僅剩的性命。也就是說比起山賊，說他們是刺客更正確。雖然他們很弱。至於是誰派了刺客過來，美樂斯本人是說：我看是國王的命令吧。刺客們沒有回答他。我覺得他們沒供出委託人的名字這點很講義氣。

然而美樂斯猜測國王派刺客暗殺他，但事情眞的是這樣嗎？

我覺得不是。不管別人想不想刺殺美樂斯，國王也絕對不會這麼做。

迪歐尼斯王不相信人性，他根本不覺得美樂斯會回來。正因爲他不覺得，才會在美樂斯確實趕回的時候大受震撼而改過向善。不覺得美樂斯會回來的人，不可能會派刺客阻撓美樂斯回來。

那麼刺客到底是誰派的？刺客成功殺害美樂斯，又會有誰感到高興？

試著設想暗殺順利進行的狀況吧。美樂斯直到日落都沒出現，薛利倫提屋斯被處決，一臉悲哀的國王覺得人性果然不值得信任。

之後要是人們發現了美樂斯的屍體，國王不顧他被盜賊襲擊而死無法守約，硬是要處決人質這件事就會傳遍各地。人民在畏懼國王的同時，心底一定也會鄙視他的判斷。而要是刺客把美樂斯的屍體藏得好好的，一直沒有人發現，國王就會深信美樂斯一如自己預期逃之夭夭。國王失去了相信人性的機會，將會一而再再而三動用極刑，導致國勢一路衰退。

也就是說美樂斯要是被刺客殺死，這個王國無論如何只能走向不好的結果。這樣想來派出刺客的人，應該是假如美樂斯守約返回，國王有可能改過向善而獲得人民支持的情況下，得不到好處的人。這個人在美樂斯回來的時候，一定很不甘心吧。

話說回來，當美樂斯就快要抵達王城的時候，自稱是薛利倫提屋斯徒弟的菲樂斯特拉特斯，無視於死刑還沒執行的事實，告訴美樂斯他來不及了，叫他不要再跑。儘管如此，菲樂斯特拉特斯在師傅獲救時卻似乎不在場。他應該不是薛利倫提屋斯的徒弟，派菲樂斯特拉特斯去說服美樂斯的人，恐怕正是派出刺客的人，既然現在美樂斯沒死成，即將抵達王城，至少也得撒謊攔住他。

故事提到迪歐尼斯王無法相信人。我想他的疑慮是正確的，國王確實有敵人。然而國王在歷經了美樂斯的風波後，仍無法看清他的敵人是誰。想加害美樂斯的人，未來想必也會使盡渾身解數，煽動迪歐尼斯王的疑心來離間人心吧。

很高興迪歐尼斯王改過向善，但讀完《跑吧！美樂斯》後，我也懷疑國王的悔悟沒辦法持續下去。

我伸手扶額。

「折木……」

我壓根不知道他交這種心得文。看一下折木，他又將臉別開了。四年前寫的東西被我們這樣仔細審視，他大概坐立難安。

「特別令我感到佩服的是，」不知何時跑來我旁邊的阿福興奮地說。「這篇心得代表鏑矢中學參加市內的比賽，雖然只拿到了最小的獎，照樣是得獎了。說真的，讀書心得並不是單純寫下讀後感的作業，而是要朝老師滿意的方向來寫的作業，但這篇心得啓發了我。這樣寫也可以過關啊。」

「一般情況下這種心得應該行不通吧。中學一年級的國文老師不是花島老師嗎？那位老師本來就怪怪的。」

我現在對花島老師僅存的印象，就是他斷言我們閱讀時不需要揣測作者的想法。

我記得老師接下來是這麼說的：「反正他們八成都在想不正經的事。國文這種科目，即便作者寫作時腦子裡只想快點跑去喝酒睡覺，你還是得中規中矩地切中那篇文章想表達的意思。比方說松尾芭蕉寫過：日月乃百代之過客，流年亦是旅人。你如果認眞研究字面，最後得出的解讀將會是芭蕉認爲歲月不是一去不回的事物，而是可以交會的事物，也就是說可以來來回回，這等於是在暗示芭蕉是時空旅人。你們如果覺得不可能就自己去查查看吧，很有趣喔。」……現在回想起來這老師眞的好怪。我不太意外這樣的老師會推派折木的心得文參賽。

「迪歐尼斯王接下來會有什麼變化？折木同學你怎麼看？」

被小千這麼一問，折木的臉似乎發紅起來。

「我才不管。」他簡短回答。

翻閱冊子的時候我注意到一件事。「折木，你寫的這篇好長。」

折木似乎被我戳到痛處，朝我這看了一眼。

「其他人的都比你寫的略短。你這篇已經快到字數上限了吧？」

「關於這個嘛，」原本還板著一張臉的折木微微苦笑起來。「我以爲作業要寫最少五張稿紙，於是寫了剛好五張。結果其實是最多五張。我非常不甘心自己絞盡腦汁要打混的心思也是白費工夫，還想找出可以刪減的橋段。」

「寫完再刪減就不算打混了吧……」

我傻眼地回應他，一旁的阿福用力點頭。

「不過我懂這種心情。如果是我，可能就眞的刪字了。」

爲了打混居然得做出一點也不打混的行爲，這種心情妳懂嗎？我望向小千以眼神詢問她，結果小千也一頭霧水地側著頭。她果然也不懂。我們社團裡的男生實在太奇怪了。我們相視而笑。

該走了。我看了一下手表。太晚到可不好，我從椅子上起身。

「咦，摩耶花，妳要回家了？」

「還沒，我得去漫研一趟。最近都沒怎麼去。」

聽見回答，阿福的表情似乎黯淡下來。我向他點點頭表示不要緊，接著拿起書包。

神山高中漫畫研究社自從去年文化祭以後就變了調。

就算畫得不好也想自己畫畫看的小團體，與打從一開始就無意自己創作，只想開心閱讀的小團體，因爲與文化祭相關的種種事件而開始彼此仇視。想畫的人自己去畫，喜歡看的人就自己去看。事情明明就是這麼簡單，但雙方都開始感情用事，漫畫本身已不再是問題重點。肅殺的氣氛毫無緩和的跡象。

我也得爲雙方的對立負一份責任。以前純閱讀派佔壓倒性多數，創作派只能忍氣吞聲。但在文化祭期間創作派的我被純閱讀派的女生潑了髒水，純閱讀派自己被這過火的霸凌亂了陣腳，而創作派則是正式被激怒了。我自己覺得那次事件雖然有點惡意成分，基本上仍是一場意外，不過在兩邊人馬心中，眞相已無關緊要。

換了新學年，新生招募期也結束了，在幾名一年級加入以後，發生了改變對立狀態的轉機。純閱讀派實質上的領袖，瞞著周遭的人創作出色漫畫的河內亞也子學姊，早其他三年級生一步退社了。創作派爲此沉浸在勝利的氣氛中……然而要不了多久，大家立刻認清河內學姊是負責踩剎車的人，她離開以後事態毫無任何好轉跡象。學姊還在社團裡的時候，兩派頂多是說話帶刺愛互相挖苦。到了現在五月，兩派用難聽的字眼對罵已經不稀奇了。如果是創作論的舌戰我尚可理解，然而互嗆的主因通常是嫌對方吵或太囂張，淨是這些無聊的理由。

在漫研拿來充作社辦使用的第一預備教室裡，純閱讀派佔據教室前方，創作派則佔據後方，彼此進出都分別使用不同的門。我很清楚自己被視爲創作派代表人物，但這種區分實在蠢到極點，我總是從距離近的門出入。而我的舉動似乎顯得更像在挑釁。

在古籍研究社與大家爲折木的心得文笑開懷後，我也去了一趟漫研社辦，一如往常坐在窗邊的位子，在筆記本上寫下接下來要畫的漫畫點子。這陣子畫的作品舞台都是現代日本，偶爾該轉換風格想一些可以畫奇形怪狀物件的故事，於是我隨手寫下閃過腦海的關鍵字，像蒸氣電腦、大時鐘（非常非常巨大），或是用上了整條街的自動煎蛋機。我見到人影落在筆記本上，於是抬起頭來，同是二年級生的淺沼同學就站在我面前。

「可以打擾一下嗎？」

在漫研構思漫畫點子沒什麼好害羞的，但我的手仍反射性地闔上筆記本。

「好啊，怎麼了？」

淺沼同學在附近拉了一把椅子，隔著桌子在我的對面坐下。

「我有事想找妳商量。」

她稍微壓低了聲音。

淺沼同學生得一張瓜子臉，有雙微微的丹鳳眼，嗓音尖銳。她也會創作漫畫。她畫漫畫的資歷應該很長，動作十分老練，下筆沒有猶豫；慢手慢腳的我也有幾分羨慕，但在內心深處卻覺得，她要是畫圖能再仔細一點，畫出來的漫畫也比較幸福。我曾經數度將這種想法化爲言語直接告訴淺沼同學，她卻總是笑著帶過，最後開始擺出不耐煩的表情，因此我後來就放棄灌輸她自己的想法了。

在文化祭與河內學姊起衝突的雖然是我，但後來在想親自創作漫畫的派閥中，最積極爭取漫研主導權的人就是淺沼同學。我想淺沼同學應該是想改變漫研一時之間光是持有沾水筆就會被白眼的風潮，爲今後即將到來的學弟妹打造一個可以安心創作漫畫的環境吧。這是迴避複雜的人際關係，埋頭隨心所欲創作的我所做不到的舉動，我對淺沼同學的志向是既尊重又尊敬。

淺沼同學開宗明義地對我說。

「我之後要出同人誌，也想跟伊原妳邀稿。」

我不禁左顧右盼，不過似乎沒有人在注意我們。這還眞是天外飛來一筆。我的確把自己的漫畫拿去發行過同人誌，但我沒跟淺沼同學合作過。

「同人誌……妳要怎麼賣？」

淺沼同學像我一樣匆匆望了一下預備教室，哀怨地開口。

「再這樣下去，今年文化祭也只會出評論。都進了漫研卻不能畫漫畫，哪有這種道理啊？既然如此乾脆我們自己出吧。妳說是不是？」

「妳要創辦一個跟漫研劃清界線的社團嗎？」

「不，我不是這個意思……我是要瞞著其他人做出一本同人誌，用神高漫研的名義拿去夏天的販售會上賣。我要用那本同人誌，向大家宣導漫研可以畫漫畫，甚至本來就該畫漫畫。」

她的話讓我愣住了。藉由出其不意來製造既定事實，將局面導向對我方有利的狀態，這說起來不就是政變嗎？雖然非常悲哀現在的漫研確實一天到晚在派系鬥爭，但我至今未曾察覺到自己創作的漫畫，可以對純閱讀派構成攻擊。這麼說來在現在的漫研裡，創作漫畫這件事本身就能被視為一種宣導，應該說理所當然會成為一種宣導。或許是我心思太單純了吧。

「……陣容還有哪些人？」

在我的詢問下，淺沼折起手指跟我一一列舉名字。

「我、田井、西山、針谷，以及妳。我還打算再找幾個人。」

這些人的確都是創作派的社員，但據我所知，能畫出一定水準的作品的人，就只有我與淺沼同學。田井是新生所以我不清楚，但她也說過自己沒畫過漫畫，想進漫研學習。西山同學與針谷同學都是二年級，我記得他們只畫過單圖。

「所以她們也能畫連環漫畫嗎？」

淺沼同學輕輕一笑。

「應該沒辦法，但也用不著要她們畫長篇。四、五頁就夠了。要不然也可以畫跨頁兩頁。反正重點是要盡量拉人參加。」

就算西山同學與針谷同學至今以來只畫過單圖，就這樣斷定她們畫不了長篇很沒禮貌。我很希望淺沼同學告訴我她們有這個能耐，然而她的回應卻暗示了重點不在畫不畫得了長篇。既然她的目的是拿出實際成績，想想也是理所當然……

淺沼同學似乎注意到了我的疑慮，轉換口氣要安撫我。

「用不著自己從頭構思啦。我已經決定好主題了，隨便畫畫就好。」

我還沒有資格爲自己的創作引以爲傲，但我仍有股衝動想反駁她：漫畫不是隨便畫畫就能畫出來的東西。淺沼同學應該心知肚明，我選擇相信她這麼說，只是被逼急了。

我姑且向她確認：「主題是什麼？」

「我想定成『漫研』。」

我忍不住哀嚎。

淺沼同學加強了語氣。

「不定這種主題，我們社團根本出不了一本書。我不否認出這本同人誌是爲了作出成績，但這是個打著神高漫研招牌向讀者展現作品的機會，畢業以後一輩子都遇不到了。我不要這樣。伊原妳也一樣吧？」

雖然我沒特別希望打著神高漫研的招牌，但要是能讓多一點的人讀到我的漫畫……果然很值得開心。

「妳意下如何？」

我心動了。我還是不希望漫畫成爲黨爭的工具，但我就是想創作，也想讓我的創作能接觸到讀者。眞要說起來，我的創作是以什麼形式接觸到讀者，其實也不重要。

淺沼同學似乎從我的遲疑中看出機會，她的語氣稍微輕鬆起來。

「妳如果願意加入，就先跟我說頁數吧。」

「咦？要先確定頁數才能參加嗎？」

我有點意外。我很少與人合作，但多人一起推出刊物的時候，通常都是先決定陣容再決定頁數，或者是確定合作以後不限定頁數，大家想畫幾頁就畫幾頁，等稿子交齊再確定頁數。要是頁數還沒確定就不能報名，這種作法我自己是第一次聽到。

「對。我想先確定頁數抓預算。」

「預算？經費不是參加的人自掏腰包嗎？」

「我們自費就算不上漫研的活動了吧？我要跟總務委員會協商，說什麼都要跟社費拿錢。所以我一開始就需要精準的金額。」

這樣眞的行得通嗎？社費是整個社團的資金，可以的話應該要獲得全體社員同意，或者至少也要湯淺社長同意，不然就成了盜用公款。再說我也不覺得總務眞的會同意撥款。

「妳應該跟社長提過這件事了吧？」

湯淺社長不怎麼涉入漫研內部對立，總是若無其事地打點著招募新社員或申請社費這些需要人處理的雜務。我一方面覺得她不太可靠，一方面又覺得她不火上加油為任何一方撐腰是明智之舉。

淺沼同學吞吞吐吐地喃喃自語。「嗯，對耶，應該跟她說一聲……」

我感到有點害怕，但不管這麼多了，預算還是交給淺沼同學處理吧。我來思考自己的漫畫該怎麼辦。

「我很難馬上確定頁數。可以畫漫畫是很高興沒錯，但我一時之間也不知道『漫研』這主題能畫些什麼，也不知道能畫幾頁。我先畫分鏡清算頁數，妳等我一下吧。」

淺沼同學噘起了嘴。「好吧，沒辦法。要等妳多久？」

今天十四日，我必須先整理出故事會用到的點子，再整理成劇情，既然只是要確定頁數的話，分鏡其實可以畫得很草率……

「大概到星期五吧。」

「好。在那之前我會再去找其他可能會畫圖的人。」

離開前淺沼同學也沒忘了叮嚀我。「這件事不要說出去喔。」

3

我的父母對我畫漫畫這件事沒什麼意見。他們既不贊成也不反對，告訴我只要把書念好，其他的時間要怎麼用都是我的自由。

「把書念好」這句話，我的解讀是能在家裡自由畫漫畫的時間，就只有假日。我在平日畫漫畫時，父母總會一臉擔憂，所以我都在六日完稿，但這陣子的周末我還有許多別的行程，十分忙碌。

淺沼同學告訴我同人誌的事是在星期一，星期五就必須回覆她參加意願。雖然我還沒開始動筆，但我想盡量遵守我與父母之間平日不在家畫漫畫的不成文規定，因此我決定在學校進行準備。

問題是場地。只要淺沼同學的計畫還是個祕密，我就不能在漫研社辦準備。古籍研究社的社辦是最理想的工作環境，但我不太希望把漫研剪不斷理還亂的紛爭帶進這個空間。身爲圖書委員，我也無意強行佔據圖書室。因此我決定在自己的班級，也就是二年C班的教室攤開筆記本。

我不清楚別人的情況，至少我自己很抗拒在別人面前畫漫畫。特別是在校內還有同學的地方絕不列入考量。但我現階段要處理的部分是將點子整理成一篇故事，在旁人眼裡我就像是面對筆記本發憤圖強，要是再打開課本僞裝就更加完美。這麼一來不管是神明還是折木，都無法看穿我正在構思漫畫故事。

星期二放學，我在C班教室自己座位的椅上挺直腰桿端坐，打開世界史課本構思。

我生平第一次使用別人出的主題，仍有些不知所措，但只要放手去做應該還是能有成果。淺沼同學只說主題是「漫研」，沒指定要以神山高中漫畫研究社爲背景。研究漫畫的社團……有了，如果弄成未來的故事呢？像是人們在文明衰退的地球上從遺跡發掘「漫畫」，研究漫畫的故事。會不會太做作了？

我握著自動鉛筆在筆記本上寫下這些點子，但心思太渙散，沒辦法維持專注。這都怪與我身處同一間教室的女孩。她叫羽仁眞紀，全名讀起來莫名順耳，讓人很想直呼全名。她的外表內向實則不然，在文化祭時還輕鬆駕馭了大膽的角色扮演服，聰明伶俐的氣質倒是符合事實。而這位羽仁同學是漫研社員。她現在正與其他女生開開心心聊著暑假。

我無意主動深入了解漫研的派系鬥爭，但只要旁觀也能了解大概的情形，羽仁同學屬於所謂的純閱讀派。但顯然她也沒打算積極爲派閥立功，在兩派互嗆的時候，她會待在純閱讀派附近，卻從來沒幫腔。她跟被視爲創作派卻對主導權之爭嗤之以鼻的我立場或許很接近。我們在漫研社辦不交談，但在班上倒是可以稀鬆平常地對話。

羽仁同學即使知道淺沼同學的計畫，我也無法想像她跑去跟任何人告密。然而要是她見到了我的筆記本，就會發現我在規劃漫畫的劇情。這太丟臉了，因此我從剛才開始就會不自覺地把注意力朝羽仁同學身上擺。

大概是我自己想太多，但我也無法斷言絕非如此。每當我絞盡腦汁推敲著故事，突然停下手上工作抬起頭來時，老是會見到羽仁同學故作風涼地別過臉去。

「眞的嗎，可是我們學校棒球社很弱耶。」

這樣的對話傳進我耳內，因此她應該也參與了那團女生的對話，可是我就是覺得自己被監視了。但假使她發現我在設計漫畫劇情，我也不懂她在遠處盯著我看有什麼意義。

……其實羽仁同學有一件事讓我很在意。

她跟先前退社的河內學姐私交很好。她們不是單純的社團學姐學妹關係，我數度見過她們像普通朋友一樣親密交談。河內學姐有很多女性粉絲，我知道她倆的關係在這些女粉絲裡曾蔚爲話題。根據我無意間聽到的討論，她們似乎住得很近，從小就常常玩在一塊。原本純閱讀派的領袖河內學姐的人馬，監視我這個有機會參加創作派政變的人……這種假設也不算跌破眼鏡，但就跟漫畫一樣誇張了。不過我也想不到其他被監視的理由。

正當我想著這些事的時候，羽仁同學看了看手機，起身走出教室。看來果然是我想太多了，我感到很不好意思。

然而隔天星期三下課後，羽仁同學也留在教室裡，而我猜她的視線果然正集中在我身上。教室裡碰巧只剩下我、羽仁同學以及三個熱烈討論足球的男生，我盯著筆記本，羽仁同學默默地讀著書。再怎麼難下筆也得畫，再不快點完成分鏡就來不及了。

或許這種作法與一般人不太一樣，不過我在畫漫畫的時候，總是會先寫台詞表。某個角色要用什麼語氣，這個人會在什麼場面開口；爲了確定並雕琢這些設定，我會先把台詞寫出來。我不清楚這種做法有沒有效率，眞要說起來，我把先寫好的台詞植入對話框的時候通常還得縮短，效率大概不是很好……但我別無選擇，因爲從台詞開始動工，是我基於在學校畫分鏡太過丟臉，萬不得已才想出的替代方案。

我在筆記本上寫下從前天構思出來的故事第一句台詞。雖然主題讓我提不起勁，一旦開始編織故事，自然會出現我想畫的橋段，作業過程也會出乎意料地順利。我回想起《漫畫拉辛》的講評。職業漫畫家會參加新大陸獎的評選，而且就連努力獎都能獲得一句評語。這次的評選委員是新納豐老師，他給我的評價如下。

「◎熱情、品味　△畫技（要加油）　×台詞太冗長。作品越來越進步，有志者事竟成！」

老實說在這之前我從沒讀過新納豐老師的漫畫，但獲得評語的隔天，我就砸下零用錢抱回整套。總之台詞太長是我的弱點，這點我自己也察覺到了。於是我一邊留心該怎麼刪減語句，保留有實質作用的台詞，一邊填滿筆記本。

就在我開始沒入作業的時候，突然有人找我搭話。

「摩耶。」

是羽仁同學。我抬起頭來，剛才還在教室的男同學不知何時已離去，放學後的教室只剩我與她。羽仁同學的視線不在我身上，而是在她握著的手機上。我故作平靜闔上筆記本詢問她。

「怎麼了？」

她轉向我的那張臉上沒有任何表情。「淺沼的計畫曝光了。」

我不需要裝傻，也不太驚訝。淺沼同學雖然叫我要保密，但她似乎也毫無掩飾地找感覺會畫漫畫的社員搭話，我早就料到某天一定會穿幫。這樣想來，羽仁同學果然一直都在監視我吧。

「是嗎。」

既然都東窗事發了，大概沒辦法拿漫研的預算出同人誌了，不過打從一開始社員為一己之私要找總務協商這計劃就不可行。這下本子的資金來源應該確定是參加的人自掏腰包了，或許一開始就該這麼辦。

想著想著，羽仁同學都目瞪口呆了。

「摩耶，妳這麼風涼沒問題嗎？事情好像鬧得很大耶？」

我看向她握著的手機，看來她似乎透過信件之類的管道收到消息。鬧得很大……她這麼說我心裡就有底了。

「漫研發生了什麼事嗎？」

羽仁同學點點頭，板起了看似軟弱的臉。

「聽說淺沼被大家批鬥。不過我也不太意外。」

她這句不太意外是指淺沼同學暗地要小手段被批鬥也不意外，還是儘管她尊重淺沼同學的志向，卻也覺得純閱讀派生氣也是無可厚非？我分不出來。

「對啊。」我雖然也分不清自己傾向哪種想法，卻也同意她的話，開始收拾桌上的筆記本。羽仁同學有點驚訝地開口詢問。

「妳要過去嗎？用不著自己惹得一身腥吧。」

我很感激平常沒說上幾句話的羽仁同學為我著想。但我實在按捺不住。

「雖然我還沒確定要不要參加淺沼同學的合本，我依然無法坐視不管。」

羽仁同學微微一笑。「這樣啊……對不起，那我也要過去了。」她說。純閱讀派的羽仁同學要是去了社辦，就必須加入譴責淺沼同學與我的陣營。羽仁同學應該就是清楚這點，才跟我道歉的吧。

「摩耶，我們來交換信箱吧。出狀況我會再聯絡妳。」

我點點頭，從書包裡拿出我的手機。

漫畫研究會的社辦在一般大樓二樓的第一預備教室，我所在的二年C班教室則在同一棟三樓。距離不算遠，老實說我的腳步一點也不急切……誰會加快腳步趕去一個準備被人痛罵一頓的地方？羽仁同學則跟在我後頭。

抵達社辦推開拉門的我，開始有些後悔自己沒用跑的。因爲場面一看就知道勝負已定。淺沼同學、針谷同學、田井三人被半圓形的人牆層層包圍，田井可憐兮兮地抽泣，淺沼同學低著頭壓抑著自己。抱著手臂站在三人面前的二年級生篠原同學見到走進教室的我，發出輕蔑的笑聲。

「是伊原啊。妳怎麼現在才出現，是在等散場嗎？好精明啊。」

「才沒這回事，我只是不知道出事了。」

「眞的嗎？」篠原同學破口大罵，接著手指向沉默的三人。「我就告訴晚來一步的妳吧，妳們的計畫全都被拆穿啦。」她得意洋洋地說。「妳們盜用社費自己出刊物，是想把不會畫漫畫的人趕出漫研吧。有夠賤。」

篠原同學在河內學姊退社後，就身處純閱讀派的領導地位。或許在她看來淺沼同學的計畫就是這麼一回事，但這麼說還是太過分了。

「才不是妳說的這樣。淺沼同學只是不希望在漫研裡畫漫畫還要遭人白眼，才想拿出成績來。關於社費的事，她也跟我說會找湯淺社長好好談。請妳不要說成盜用。」

「湯淺社長啊。」說著說著，篠原同學露出滿臉的笑容。「學姊也退社了。她說要專心拚大考，妳不知道嗎？」

「什麼？」

我環視社辦尋找湯淺社長的身影。然而找不到。不只社長，三年級生全不在場。

「……原來是這樣。」我無意間脫口而出。

就像淺沼同學想靠同人誌拿下漫研的主導權，篠原同學也想趁著中立的湯淺社長退社這個機會佔據上風。現在的確也差不多到了三年級生退出的時間。社長一定是在昨天或今天這些我缺席的時間退社的……眞是受不了，問題不過就是個小小的漫畫研究會要不要自己創作，我們到底在搞什麼鬼啊！

見到我的表情越來越古怪，篠原同學趁機一口氣發飆。

「說起來妳那句遭人白眼是什麼意思？妳這是在罵我們吧？平常在那邊嗤笑我們不會

畫圖還敢進漫研，我們要妳們別擅自作怪，妳們就覺得自己吃虧啦？拜託妳們行行好，我們只是想告訴大家這些有趣的漫畫多有趣。我們只是因爲喜歡漫畫就被父母跟老師瞧不起，爲什麼連到了社團裡頭都還得被妳們看扁啊！」

原本圍繞著淺沼同學的社員目光，現在全都朝向我。她們的眼神眞是冰冷刺骨！

我才沒有瞧不起她們。我只是自己愛畫漫畫，應該也沒爲自己會畫漫畫而驕傲，更不可能看扁不會畫漫畫的社員。

……眞的嗎？

會不會我完全沒意識到自己隨口的話語或無心的態度，透露出連我本人也未曾察覺的可憎一面？

不對，我要振作。我不曾輕蔑過她們。會畫漫畫這檔事，就跟可以把鐵棍彎成大車輪，能背出所有日本年號這些特技沒有兩樣。儘管對當事人意義重大，也不值得跟人誇耀。我明明是這麼想的，怎麼可以懷疑自己呢。

千萬不能被冰冷的視線刺得自亂陣腳。現在的我必須逐步確認狀況。

「所以誰是新社長？」

篠原同學驚訝地瞪大了眼。「哎呀，妳不知道嗎？」

她的意思是我應該認識這個人嗎？到底是誰？不可能是淺沼同學吧。篠原同學舉起手臂指著我。

「我？」

「怎麼可能。妳後面的人啦。」

我回頭一看。

我的身後站著從後頭走進教室的人，我那位看似軟弱實則不然的同班同學羽仁。羽仁同學對目瞪口呆的我合起手掌，做出像是參拜的手勢。

「抱歉，摩耶。我找不到機會告訴妳。」

接著羽仁同學穿過篠原同學與淺沼同學之間，向篠原同學詢問。

「條件呢？」

「她們全都答應了。」

「太好了。妳也跟摩耶說一下吧。」

這是指休戰的條件嗎？篠原同學的態度比方才還要冷靜，首先告訴我。

「這是在妳缺席的時候決定好的。」

「……反正就是不准我們畫稿吧。」

「我才沒有要這樣講。妳畫啊。」

超乎想像的宣告讓我不禁看了一下淺沼同學。然而她的表情沒有一絲變化，也沒有笑意。這樣看來篠原同學的話還有下文。

「反正這個人主導的同人誌一定做不起來啦。再怎麼逞威風，畫得出像樣漫畫的人也只有伊原妳了。隨便妳們畫吧。我們還可以協助妳們申請社費喔。然後要是這樣妳們還畫不出來，我們就要指著鼻子嘲笑妳們。而妳們要爲浪費社費負責，全部滾出社團。」

接著她收回伸出的手指，將手心放在自己的胸前。

「要是妳們眞的交出了有模有樣的成果，這下可就恭喜賀喜了。漫研就隨妳們胡搞瞎搞吧。我們要創辦新的社團自己玩自己的。」

原來這就是條件。這一刻終於來臨了。

我心底早已有數，兩派的隔閡已經嚴重到無法修復的程度。淺沼同學的同人誌是個引爆點，將漫研導向了一分爲二的道路。

羽仁同學毫不在乎一片茫然的我，啪地一聲拍了一下手。

「好啦，這樣摩耶妳也了解狀況了吧。不好意思，就是這樣。那我們來把該辦的手續辦完吧。」

她從篠原同學手中接過某種用紙，對著淺沼同學輕輕甩著紙張。

「其實我幫妳把社費申請書準備好了。上頭有我的簽名，也跟顧問老師知會過了。金額與使用目的就麻煩淺沼妳自己塡吧。」

被點名的淺沼這才終於抬起臉來，呆愣愣地望著申請書，接著無力地搖搖頭。

「我不知道要申請多少錢。頁數都還沒決定好……」

「什麼，原來妳在擔心這個啊。不要緊！不夠的話妳可以再申請，總之妳先申請個一萬圓吧。先起頭最重要！」

淺沼同學彷彿受到了羽仁同學開朗的語氣引領，有些跌跌撞撞地走近羽仁同學收下申請書。篠原同學也準備周到地拿出原子筆交給她。淺沼同學驚愕地看著原子筆，正要在申請書上下筆時，就像是被不知名的物體阻擋一般全身的動作都凝結了。

「怎麼了？妳還是會怕嗎？」

但在這樣的挑釁下，她的眼光中閃現怒意，手同時一口氣動了起來。

我只是一個勁地呆呆望著她的身影。我心裡總覺得不太對勁，但這一連串經過讓我大受打擊，腦袋轉不過來。最後我心裡才湧生出一個疑問：爲什麼羽仁同學這麼急著要淺沼同學申請社費？那張申請書塡好以後又會發生什麼事？我們就能做同人誌了嗎？不對，同人誌本身不需要擔心……

剛才篠原同學說了什麼？我在軟爛的腦漿中拚命尋找她剛才的說法。我記得她是這麼說的。

——妳們要爲浪費社費負責，全部滾出社團——

「啊！」

等一下！我雖然喊出聲，淺沼同學卻已經在對方唆使下填完申請書放下原子筆。淺沼同學小聲地「咦」了一聲轉過頭看向我，然而羽仁同學早已迅速將申請書從她手中抽出。

防止漫研分裂的方法只有一個，就是我們放棄尚處計畫階段的同人誌，跟她們承諾不再擅自決定出同人誌，尋找修復關係的方法。然而一旦申請了社費，我們就不能拿計畫還沒開始執行當藉口。就算我們一圓都沒動，只要社團出了錢，就無法擺脫「浪費社費」的指控。

我不曾怨恨過純閱讀派的社員。說起來我根本不覺得自己隸屬創作派。可是這次她們的手段實在太過分了。想分道揚鑣的話可以自己閉上嘴退社，或是叫我或淺沼同學滾出去，但她們卻故意要讓與她們作對的人面子掃地。我默默怒視羽仁同學，她卻瞧也不瞧我，慎重地將申請書收進書包裡。

「那妳們接下來加油吧。我去跟老師拿印章了。」她丟下這句話便離開了社辦。

我要是現在追上她抓住她，制服羽仁同學並從她的書包搶走申請書的話，是否就能避免漫研的分裂？

……應該只會更加惡化吧。寂靜的社辦裡只聽見一年級的田井啜泣聲，最後田井再也不顧四周地放聲大哭。

「學姊對不起，對不起……」

4

我到底是爲了什麼而創作？

星期三放學後，被篠原同學等人削了一頓的淺沼同學失神落魄了一陣子，不過我問她要不要放棄時，她倒是清楚回答我：「繼續做。」

「同人誌完成的話篠原同學她們就要退社了。妳確定嗎？」

問了也是白問。要是做不出同人誌就變成我們被踢出去了，不管做不做事態都不會有任何好轉。但淺沼同學聽了我的話以後卻露出僵硬的笑容道。

「正合我意。與其要被踢出去，不如我們把她們趕出去。」

我又不是爲了把篠原同學逐出漫研才創作漫畫。但要是有人問我爲了什麼而創作，我也開始答不上來了。

太奇怪了。在昨天以前，我應該都說得出口才對。

即使如此我還是得繼續動筆。

大致的劇情已經完成了，台詞差不多寫好了。我反覆讀了好幾次，實在不覺得現階段的成果有多好。雕琢得很用力卻有點老哏，然後或許因爲我是當事人才感覺得出來，這篇作品散發出作者畫得不開心的感覺。可是如果要等到想出最棒的劇情才動筆，我大概十年內都畫不出來，現在只能用手上的資源繼續動工。

到星期四放學後，我開始處理分鏡稿。雖然預算暫時敲定了，但一萬圓根本出不了同人誌，我們還是必須先抓好頁數。正確來說，淺沼同學似乎很排斥在羽仁同學的強行介入下改變方針。

進入分鏡稿階段，儘管不用精雕細琢，還是必須實際在紙上畫出格線填上對話框，並且逐格補上畫面。到這階段就不能在教室或圖書館趕工，在家裡又會見到父母眉頭深鎖，在漫研處理的話，這下可是貨眞價實的挑釁了。因此我剩一個選擇，也就是古籍研究社的社辦地科教室。我希望盡量不要把漫研的紛爭帶進古籍研究社裡，但轉念一想，我也不是第一次在地科教室畫漫畫了。

今天社辦裡只有阿福。平常我會很高興，但今天我還有待辦事項，阿福自己也在塡寫一份文件。

「嗨。」

「嗨。」

我們簡單打聲招呼相視而笑，接著我在稍遠的位子就坐，攤開筆記本。在漫畫稿紙上畫分鏡比較方便往後的作業進行，但稿紙太厚，我也有點排斥攜帶顯而易見的漫畫畫材來學校，最重要的是稿紙有點貴，因此我總是用筆記本畫分鏡。

來吧，幹活了。

我抱持著祈求的心情，從第一個格子開始勾勒。拜託你有趣點啊。我雖然不是很會畫，但我會全力以赴。我從過去到現在看過的漫畫都很有趣，你一定也可以很有趣。拜託你有趣點啊……

季節正逐漸從春天推移至夏天。從敞開窗戶灌入的風十分宜人。我不用尺畫出來的線就很筆直，不用圓規畫出來的環形就很渾圓。我在紙上畫出貌似掃晴娘、僅是在圓圈中填上眼睛的簡單登場人物，一格格決定這篇漫畫的劇情發展。

我犯了一個錯誤。我這次不該在紀錄台詞的筆記本上畫分鏡。原本我不想在學校拿著好幾本漫畫用筆記本到處跑，才會統整在一本筆記本裡。然而在描繪印象還很深刻的開頭部分時是沒有問題，但畫到第三、四頁的時候，我漸漸得往回翻一句一句對照台詞。這樣實在很費事，下次畫漫畫時我一定要把寫台詞與大綱的筆記本和畫分鏡的筆記本分開。

即使被準備不周耽誤，分鏡作業照常進展。非常遺憾，我隱約之間對淺沼同學交代的主題「漫研」所抱持的不協調感，隨著作業進展變得越來越具體。不過我的腦袋絲毫都沒回想起這篇漫畫將會用於驅逐篠原同學一夥人。事已至此，我決定把漫畫以外的事全都拋在腦後。只不過要是停下了手邊動作，那種陰沉的心情又會立刻一擁而上。

我繼續畫分鏡，翻閱筆記本對照台詞，翻到更後頭確認劇情走向，接著繼續畫下去。不知道過了多久，震動聲打斷了我的工作。

這是收信的通知聲。我打開書包檢查手機。寄件者出乎意料竟然是羽仁同學，內容很簡短。

「快過來。」

這封信既然是羽仁同學寄的，應該就表示漫研出事了，要我快點趕去社辦。會發生什麼事，我心裡也預期過幾種狀況，每一種狀況都不太妙。互相憎恨較勁到盡頭，終於出現傷患……我不禁做此想像。我砰地一聲從椅子上猛然站起，耳邊突然冒出一句驚呼。

「哇，嚇我一跳。」

我也被嚇了一跳。都忘記阿福也在了。

「啊，對不起，我剛好收到郵件。」我脫口說出完全不構成解釋的話語，將桌上攤開的筆記俐落闔上。儘管不覺得會出現什麼問題，以防萬一我還是交代阿福道：「幫我看著！」

於是阿福一頭霧水地歪著頭。「要我幫妳看……所以是閱讀故事嗎？」

才不是咧！

「不是啦，幫我監視！」

「還需要監視喔？」

這倒也是，突然要阿福幫忙監視筆記本，他當然不知所措。我也覺得是自己的說話方式有問題，但我沒時間解釋，就直接衝出了地科教室。

我衝到第一預備教室，然而裡頭卻沒發生什麼特別的事。

一如往常，純閱讀派佔據了教室前方，創作派則位居後方，各自讀著漫畫聊著天。雖然氣氛不怎麼和諧，至少看起來也不像有什麼緊急事態。

篠原同學也在純閱讀派的人裡頭，與同伴開懷大笑。另一邊創作派裡頭沒見到淺沼同學。不知道是她尚未從昨天突如其來的衝擊中恢復，還是有別的事要辦。其他的創作派社員也沒有悲壯的氣氛，看來也不是淺沼同學在我趕到之前被逐出社辦。

先找羽仁同學吧……我環視教室，這才終於注意到關鍵的當事人不在場。見到東張西望的我，篠原同學開口詢問：

「妳在找人嗎？」

「呃，對。」

「淺沼沒來喔。」

附近的二年級生起鬨笑道：「她大概躲在某處哭泣吧。」但篠原同學連理都不理。我在找的人雖然是羽仁同學，不過現在舉出這名字可能會爲她帶來困擾，就讓她們以爲我是在找淺沼同學吧。

「是喔，謝謝。」

轉身準備離去，背後就傳來了笑聲。只不過要是我沒聽錯，這些笑聲裡頭並沒有包含篠原同學的聲音。

如果羽仁同學不在漫研，叫我快點趕來的訊息所指示的場所，就只剩二年C班了。我們是同班同學，首先想到這個地方也不爲過。不過我不想再白跑一趟，於是先回信給她。

「我跑去漫研了，要去哪裡找妳？」

我待在距離第一預備教室稍遠處等待回信，但過了兩、三分鐘都還沒等到。直接過去還比較快，我索性爬上樓梯走向二年C班的教室。

然而來到這裡也沒見到她。教室裡頭包含不是C班學生的人共有五人，各自坐在桌子或椅子上。我座位附近偶爾會聊上幾句的同學也在，於是我問道。

「妳在這裡見過羽仁同學嗎？」

「HONEY（註）嗎？我一直待在這裡，都沒見到她。」

我都不知道羽仁同學綽號叫HONEY。她那軟弱的外表一點也不適合這綽號……

先不管這個，情況不太對勁。如果羽仁同學不在漫研也不在教室，我就不知道她到底想找我去哪裡了。總不會是圖書室吧。

「你在找HONEY？」

「唔，說是我找她不太對，是她叫我來。」

「來這裡嗎？」

「我就是不知道要去哪。好，我了解狀況，謝謝。我去別的地方找找看。」

走出教室查看手機，還是沒收到回信。我雖然很在意羽仁同學找我有何貴幹，但既然聯絡不上我也無所適從。早知道也跟她要手機號碼就好了。

「……去畫分鏡吧。」

我百思不解地歪著頭，回到社辦。

我在地科教室裡放聲哀號。

「筆記本不見了！」

註：羽仁日文發音近似HONEY。

一直放在桌上的筆記本不見蹤影。怎麼可能？我記得我是放在這裡的啊！

社辦裡依然只見阿福埋頭處理文件，聽見我的聲音，自動鉛筆從他手中掉落。

「嚇……嚇我一跳。現在又是怎樣？」

我剛才離開時拜託阿福幫我看管筆記本，但說法太模糊，他差點誤會成閱讀筆記本的內容。雖然我訂正過說法，或許他還是誤會了吧。

「阿福，我原本在這裡的筆記本，你該不會拿走了吧？」

「沒有，我沒拿。」

「那我筆記本跑去哪裡了？好奇怪喔。」

在我開始翻找書包的時候，阿福略帶不安地開口詢問我。

「我說……該不會說需要筆記本所以要我交出來的人，不是摩耶花？」

我嚇得面無血色。猛然抬起頭來，阿福的表情也不像平常那樣嘻皮笑臉。

「我不知道這件事。」

「……這樣啊。」

阿福突然對我低頭致歉。

「對不起，都是我疏忽了。有個說是受摩耶花妳所託的女生過來，我讓她把筆記本拿走了。雖然妳交代過我幫妳監視，我卻沒注意到不對勁。」

所以我的筆記本被偷了？

「這是什麼時候的事？」

「我也記不太清楚，因爲我在處理這份文件……應該是在摩耶花離開沒多久。」

「是誰幹的！」

「我對她的臉有印象，但我不認識。她匆匆忙忙趕過來，問我伊原同學的筆記本在不在這裡。」

錯不了，是羽仁同學。她用郵件調虎離山，趁我不在的時候拿走筆記本。我壓根沒想過這本筆記本也被盯上了，才會栽在這麼簡單的伎倆上。

「對方是個看起來很軟弱的女生，我以爲她有什麼難處。我竟然還告訴她妳剛才坐在哪個位子上，我怎麼會這麼蠢。」

……錯不在阿福。哪有人料得到會發生這種事。之前我雖然也被偷過巧克力，但當時我一眼就看穿是誰爲什麼而偷，所以不太驚訝，事後也好好地教訓犯人了。這次卻不同。

我用力搖晃腦袋瓜。

「不是阿福的錯。反而正因爲有你在，我才知道犯人的身分，感謝都來不及了。不好意思，聲音太大吵到你。」

我隨手拉了一把椅子，搖搖晃晃地坐下。

羽仁同學屬於純閱讀派，因此在漫研內與我立場不同，但我們在班上也會正常交談。我不會說我信賴她，她與我之間也沒親密到能使用信賴這種字眼。既然她沒跟我提過自己當上社長，我想她也不覺得自己與我有多要好。但我萬萬沒想到她竟然盤算著這種行為。

想用郵件把我釣出來，必須知道我的信箱地址。我昨天才告訴她信箱，羽仁同學通知我淺沼同學被批鬥之後，主動提出要求交換信箱。也就是說從昨天開始，說不定早在她在教室監視我的前天，羽仁同學就在打我筆記本的主意。

爲什麼？

爲什麼她非偷我的筆記本不可？

我只想得到一個理由。

羽仁同學想搞砸淺沼同學的同人誌。她設計我騙阿福，不擇手段阻止我畫漫畫！

純閱讀派與創作派無濟於事的爭執、淪爲黨爭道具的同人誌、閃電任命社長，還有這次的竊案，一連串事件在腦海盤旋。爲什麼事情變成這樣？爲什麼我會被牽扯進這樣的事？失去筆記本並不算很大的打擊，我還可以重畫分鏡。但我就是無法接受羽仁同學偷了我的筆記本。我沒有多信任她，也跟她不算熟，但如果這都不是眞的，該有多好！

「摩耶花、摩耶花！」堅定的聲音將我拉回現實。阿福側身蹲在面前。「妳不要緊吧？」

我好想哭。我好想嚎啕大哭，讓阿福柔聲安慰我。但這可不行，要哭還嫌早！

我大大地吸了一口氣，緩緩地吐出。渾渾噩噩的腦袋告訴我這一切都是假的，是夢，是哪裡出了錯。但是非常可惜，我很清楚這都是真的。

「那是很重要的筆記本，是不是？」阿福露出真摯的眼神詢問。

「筆記本本身也沒那麼重要……只是因爲我在畫漫畫，不想被人偷看。」

「所以是妳的漫畫被偷了啊。」

被偷的其實不是漫畫，而是記錄台詞與大綱，還畫了一點分鏡的本子，但我不知道該怎麼跟他說明。見到我默不作聲，阿福將單手靠在略遠處的椅子上跟我說。

「我去幫妳要回來。妳知道那個女生是誰吧？」

「我確定那是我認識的人。不過……算了。」

「我不再跟妳攬責任了。但還是過意不去，也不能容許這種行爲。那女生是誰？」

我輕輕地搖頭。

「我不怪阿福，再說這件事傳出去會更難處理……我不想把阿福拖下水。」

我果然不該在地科教室畫漫畫，最終居然演變成這樣。我低垂著頭，阿福向我宣告。

「摩耶花，我很希望被妳拖下水。」

「……嗯。」

阿福直直盯著半空，接著緩緩開口。

「或許我不夠可靠，但妳還是跟我說說看吧。我現在知道我出馬會讓狀況惡化了。可是會不會還有其他拿回筆記本的方法？我們一起想想看吧。」

我想現在我臉上掛著的，應該是微微的苦笑吧。

「阿福你果然還是覺得是自己的錯嘛。」

「是啊……我明明知道漫研在內戰，還是被耍得團團轉。」

我無意將自己目前在漫研所處的立場告訴阿福。我不想害阿福擔心。不過即使逼不得已只好跟阿福娓娓道來，很神奇的是，我卻也安心許多。

於是我道出一連串的遭遇。

星期一淺沼同學找我出同人誌。製作同人誌的用意是要在漫研裡頭的派系鬥爭取得上風。為了確定頁數，我請對方等我幾天。

星期二我在教室打開筆記本動工時，我覺得羽仁同學在監視我。

星期三羽仁同學告訴我淺沼同學的計畫敗露。而羽仁同學不知何時開始成了社長。

今天我收到羽仁同學的郵件暫時離開，在這段期間筆記本就被偷了……

在我的話結束以後，阿福陷入深思。我感覺跟阿福吐露過後，自己同時也稍微調整了一下情緒。最後阿福低聲說道。

「她在跟蹤妳。」

我也覺得。昨天以前我都在二年C班的教室進行漫畫準備工作，今天才搬到地科教室，羽仁同學怎麼都不會跑錯地方？我只能解釋成她悄悄跟在我後頭。

「如果我在教室畫，是不是就不會出這種狀況了？」

「很難說……」阿福架起手臂，暫時陷入思考。

「……妳說星期三的時候，妳也是在羽仁同學的引導下移動的吧。」

「對。她告訴我社團在找淺沼同學的碴，我就去漫研了。找碴倒是眞的。」

「那時候妳的筆記本應該留在教室裡吧？」

是這樣的嗎？我開始回溯記憶。

就算還沒開始畫圖，我也不會把寫著漫畫劇情的筆記本留在教室桌上。我記得我放進書包裡了。在那之後我是否也把書包帶到漫研社了？

沒有。因爲我還打算回教室，我並沒有帶書包去漫研。

「我把筆記本放進書包，書包本身留在教室。」

「也就是說羽仁同學昨天也有下手的機會。」

原來如此。我從來沒發現這件事，阿福說得沒錯。事實上昨天教室裡只剩我跟羽仁同學，她比我晚一點離開教室，當時應該可以輕鬆下手。

「為什麼……」我不禁囁嚅起來，阿福用力地點起頭來。

「沒錯。為什麼？為什麼她到了今天才必須偷走摩耶花的筆記本？」

「當然是為了搞砸淺沼同學的同人誌啊。還會有別的理由嗎？」

「真是這樣嗎？……聽著妳的話我突然有種想法，這件事跟之前奉太郎那篇很像。」

折木那篇？

之前是多久之前的事？

我跟阿福與小千……沒錯，我們在看折木的讀書心得。看得很開心。感覺彷彿是很久以前的事了。我記得他選的書是《奔跑吧！美樂斯》，心得的主題是誰妨礙美樂斯。然而我實在看不出兩件事哪裡有相似之處。

「很像是……像在哪裡？」

「就是戴奧尼修斯與山賊的部分。」

「戴奧尼修斯是酒神。」

「咦？是喔。那就戴納米斯……這是天使？」

「是喔？」

「好像是能天使的讀音吧。不管他了，就叫國王吧。聽了摩耶花的話，我聯想起國王與山賊的那部分。」

我記得折木的心得裡寫道，阻止匆匆趕往王城的美樂斯的山賊，是受雇前來奪走美樂斯性命的刺客，而他們的雇主並非美樂斯推測的國王。

「……兩者有什麼關聯？」

「妳還記得嗎？奉太郎說只要國王打從心底相信美樂斯不會回來，他就不會妨礙美樂斯回來。這思路還眞像奉太郎，我覺得有點爆笑。」

我也笑了。

「接下來我要說的是我讀過那篇心得的感想。就算美樂斯回來，國王也沒有損失。國王的立場是美樂斯應該不會回來，但萬一他回來了也沒什麼大問題。因此從我這觀點來看，派出刺客的人也不是國王。」

我能理解他的思路。如果國王不擇手段也想維護「人類不值得相信」的價值觀，把可能推翻這套價值觀的美樂斯視爲威脅就算了。然而那個故事裡的國王應該沒想這麼多。

「根據摩耶花的說法，羽仁同學似乎認爲淺沼同學根本做不出同人誌。而就算淺沼成功了，羽仁同學也不痛不癢吧。」

「怎麼會不痛不癢？同人誌一旦完成，羽仁同學她們就要被趕出社團了耶？」

「可是自己提出那個條件的人，就是羽仁同學吧？」

確實是這樣沒錯……

阿福露出有些陰沉的表情。

「我聽過漫研不少傳聞。再加上摩耶花告訴我的情報，我覺得漫研分裂是不可避免了。神山高中的社團活動興盛得再誇張，玩出跟監或政變這些手段還是太離譜了。據我所知，漫研是個包含新生就超過三十名社員的大團體，就算分成兩半還是比絕大多數的靜態社團來得大。我認爲羽仁同學這位社長的目的，是想透過分割社團來促成兩派人馬正常進行社團活動……摩耶花妳自己覺得呢？我的看法有沒有問題？」

阿福原本就有眾多嗜好，不管什麼知識都會飢渴地吸收，進入高中擔任總務委員以後，他對手續、組織或體面這一類的知識變得更爲熟悉了。像折木很怕與他人共事，雖然知道人與人之間存在著裝模作樣或對名分的需求，卻沒有實質概念。阿福在這方面卻是機靈得很。儘管如此他的本性卻沒受到汙染，這點也是他的迷人之處。

這麼世故的阿福都說漫研沒救了，或許漫研眞的完了。漫研兩派互不相讓的確已經達到無可救藥的境界。即使如此我仍不肯相信漫研應該走向分裂之道，但羽仁同學又是怎麼想的？難道說……

不對，她要是這麼想，事情也不對勁。

「既然如此她可以默默退社啊。不然她也可以要求企圖擅自出同人誌的我們退社，以示負責。」

「眞的嗎?要是羽仁同學她們默默退社，看起來不就像是任另一派爲所欲爲，自己還夾著尾巴逃走?這樣很沒面子吧。反過來說要是她們單純趕走摩耶花妳們，就變成創作派爲了出同人誌召集夥伴，她們就爲了這個理由勒令妳們退社。無論如何這藉口都太牽強了。要是妳們去找顧問老師哭訴，羽仁同學她們就要挨罵了。」

原來如此，阿福說得對，這樣不夠名正言順。

「我是不太熟悉這個領域，不過只要能生出一本任何形式的同人誌，這個條件不是很好達成嗎?」

「這……如果copy本也算數，是滿簡單的。」

「要是書完成了，這次顏面盡失的淺沼同學一派人馬也能扳回一城，兩派就能和平分手了。要是書沒完成，那就是沒善用機會的創作派自己的問題，足以構成驅逐創作派的理由。」

我懂阿福的意思，但我卻看不出這個邏輯導向的結論。我稍微加重了口氣。

「如果眞是這樣!如果羽仁同學與美樂斯的國王是一樣的，她不就沒有理由偷走我的筆記本了嗎?而她無緣無故偷我的東西，不就構成了單純的霸凌嗎?」

並不是她有充足理由偷竊我就能接受，但若她的行爲只是單純的惡意，我更是難受。

阿福盯著地板輕聲說道。

「是啊。怪就怪在這裡……我好不甘心。我如果是奉太郎可能馬上就有頭緒了。到底是爲什麼？拿走摩耶花的筆記本，對羽仁同學應該沒有任何幫助才是。」

阿福有時會推託區區一個資料庫又做不出結論。儘管他有豐富的雜學知識，情報也很發達，卻不擅長透過這些知識發掘出眞相……應該說他打從一開始就放棄發掘眞相了。

然而現在阿福卻認眞地動起了腦袋。我怎麼會懂？我應付不來。這些平常他大概會掛在嘴上的話語，如今卻不曾脫口而出，動也不動地陷入思考之中。

我當然也跟著他一起思考。只是在這同時，我也不可自拔地端詳起默不作聲的阿福。

最後阿福難得皺起眉頭說道。

「無論如何我都會幫摩耶花把筆記本拿回來。不過，我不知道該怎麼解釋才好，可以請妳再等一下嗎？」

實際上不管阿福再怎麼認眞付出，而我再怎麼怒不可遏，羽仁同學大概早已揚長而去，今天沒什麼希望能拿回筆記本了。要是羽仁同學只是想欺負我，現在筆記本大概已經化爲灰燼，或是隨著河川流向大海，或是被扔進可燃垃圾裡了。如果筆記本平安無事，總還有機會拿回來，阿福卻要我再等一下。

「……我很高興你有這份心，但爲什麼你要我等待？」

阿福解釋得有些吞吞吐吐。

「我曾經稍微參觀過妳怎麼畫漫畫的，妳就算沒了那本筆記本，應該也能畫吧。當然我也知道妳很生氣，我也不能容忍她的行爲。但單純考慮妳的損失的話，其實也只有要花時間重新記下筆記而已。」

他說得沒錯。那本筆記本只是一份紀錄，是三天之內趕出來的東西。先撇開我的情緒不論，再給我三天，我仍然可以複製那本筆記本。

「這麼一來……我想羽仁同學的目的只是爭取時間吧。她可能會在爭取到的時間之內出手。妳想想看，電視劇與小說裡出現綁架案時，不是都要等犯人聯絡嗎？兩者是相同的。妳先觀察對方要出什麼招，再決定下一步怎麼走吧。」

「但要是她出的招是最糟糕的伎倆，我想比起等待，應該要積極阻止才對。」

「沒錯。到那個時候，我會保護妳。」

……儘管我不免懷疑阿福又能幫到什麼忙，既然他都這麼誇口了，我也是可以好心相信阿福。我大力點頭。

「我明白了，我會再等一下。明天我是不是最好不要跟羽仁同學說話？」

「我也不知道該怎麼做，但如果對方有條件，應該會主動找上門來。要是能跟奉太郎商量該有多好啊。」

如果折木在，他應該能按照邏輯推導出眞相。

但我不覺得折木來幫我出主意比較好……謝謝你，阿福。

6

五月十八日星期五。原本還很期待這一天的到來，卻遇上很多喪氣的事。

出門忘了帶手帕而比平常晚到校，羽仁同學已經抵達教室，見到我也毫無歉意，把我當路人視若無睹。我可以一邊搖著她的肩膀一邊大叫：把我的筆記本還來！但我已下定決心要聽從阿福再等一下，更重要的是如果害羽仁同學受傷就糟了，我還是按兵不動吧。

比起見到羽仁同學，我更怯於跟淺沼同學報告進度。原本承諾星期五會告訴她頁數與參加意願，現在卻來不及了。我跟淺沼同學交換過電子郵件信箱，這麼重要的事還是想當面傳達，因此我等到午休解決完午餐後，就前往淺沼同學所在的二年A班教室。

A班教室裡只剩兩三個動作比較慢的人才剛拿出便當，其他人幾乎早就用餐完畢各做各的事。躡手躡腳踏進其他班級總是令人遲疑，當我在入口徘徊時，有一位苗條的美麗女同學注意到我，開口詢問。

「妳找誰有事嗎？」

「呃，對。我找淺沼同學。」

「淺沼啊。不知道在不在。」

這位同學環顧教室，在窗邊找到淺沼同學，便上前跟她攀談。她指著我這個方向，大概是在轉告淺沼同學有人找她。淺沼同學見到我後表情稍微緊繃，步伐沉重地走過來。

「怎麼了？」

她的聲音很沒精神。淺沼同學心情似乎也很低落，我實在不想落井下石。我再次對偷走筆記本的犯人感到憤怒。

「我之前跟妳說，那件事我會在星期五回覆吧？」

「對，妳是想談那件事啊。」

說著說著，淺沼同學無意識地左右張望。或許是不想在教室提起同人誌的事，從計畫敗露的經過來看，可能是擔心隔牆有耳。我也不禁配合起她的動作壓低了音量。

「對不起，可以再等我一下嗎？」

淺沼同學吊起雙眼。

「啥？妳是什麼意思？今天這個期限不是妳自己提出來的嗎？」

儘管我早預料到不會多輕鬆快樂，她的回應還是比我預期得還要嚴厲。

不管她話說得多重，我都下定決心不跟她提起筆記本可能被羽仁同學偷走的事情。我不僅沒證據，要是這件事公諸檯面，想必會爲不可能重修舊好的漫研內部對立狀況火上加油。要是最後筆記本一去不回，我的確打算毫不客氣地煽風點火，但現在姑且先摸摸鼻子委屈一下吧。

「我眞的很抱歉。我原本以爲來得及，但分鏡畫不完。」

淺沼同學大刺刺地嘆了口氣。

「是嗎。妳應該不是想逃掉吧。」

這句話我實在不能當作沒聽到。

「妳這是什麼意思？」

「田井哭哭啼啼地逃了，西山背叛我們跟對方一五一十吐露實情，現在換妳叫我再等一下。我會覺得妳想逃掉也很正常吧。」

聽到這裡，雖然說禍端是淺沼同學自己起的，我仍覺得她有點可憐。無論我有什麼苦衷，我沒能趕上約定的期限是事實，錯都要怪我。我再次向她低頭謝罪。

「對不起。」

「我問妳，妳眞的會參加吧？」

我可以理解她還氣在頭上……

「我就是因爲覺得過意不去才來道歉的，妳懷疑我的誠意嗎？」

淺沼同學又嘆了一次氣，但這次不再是刻意而爲。

「……抱歉。我有點太神經兮兮了。」

「我也是。」

「那我要再等妳多久？」

分鏡進展到一半，要是星期一要回筆記本，星期二應能完工。但要是筆記本拿不回來，就須從台詞表開始重新構思。如果我以筆記本要不回來為前提，在週末就動工……

「星期二……不，下周三吧。」

淺沼同學點點頭，視線微微垂落在地上。

「我知道了……抱歉，伊原。事情變得有點棘手。」

雖然策畫這次計畫的的確是淺沼同學，我有機會畫漫畫，也聽得津津有味。我沒有資格接受她的道歉。我不知道該怎麼回答，就跟她告退離開A班教室。

回到自己的教室以後，午休都快結束了，幾乎所有學生都待在班上。第五節課是體育。我心想現在或許正適合動動身子，走向自己的座位時，耳邊傳來一陣從容的腳步聲。

回頭一看是羽仁同學，她一臉爽朗，聲音還透出幾分笑意。

「摩耶，妳今天放學以後有空嗎？」

如果我心裡毫無準備，又會做何反應？會怒罵她：別開玩笑了？還是重重地再次被羽仁同學的話打擊而感到畏懼？然而實際上兩者皆非，我反而還因為阿福的預期成真而有點開心。拜此所賜我才能冷靜回應，連我自己都感到驚訝。

「我要在圖書館值班到五點。妳方便的話我之後都有空。怎麼了？」

在短短的一瞬間，羽仁同學目不轉睛地盯著我……她大概以為我會被嚇到，不過也立刻恢復了笑容。

「妳放學以後方便陪我一下嗎？」

我刻意歪起頭。

「我有點不想耶。妳要我陪什麼？」

「我要還妳東西。妳應該想早點拿回來吧？」

我實在不擅長這樣互探底細。她大言不慚的樣子讓我臉頰一下都氣到發燙，差點將激動的措辭脫口而出，勉強才按捺住自己。

「……是啊，越快越好。那妳要我怎麼辦？」

羽仁同學滿意地點點頭。

「妳知道『拜倫』這家店嗎？」

「妳是說文化會館旁邊那家蛋糕店？」

「沒錯。幸好妳知道。妳知道那家店裡頭有設喫茶席，可以只點茶嗎？我跟妳約五點半在那邊碰面，好嗎？」

羽仁同學或許沒這個意思，但她現在等同挾持著我的筆記本威脅我，卻還裝得一副站在對等立場與我商量，眞是胡鬧。我實在很想反將她一軍，刻意堆出笑容回應她。

「當然沒問題！我很期待喔。」

「是嗎。那五點半見。」

我原本很期待這一天的到來，但實在有太多事害心情沉重。鐘聲響起，班上的女同學三三兩兩動身前往更衣室。

五點五分走出校門，略爲匆忙的路途中，我想了很多事。

首先是一如阿福預言，羽仁同學主動找上我。阿福叫我先等一下子，實際上只過了一天事情就有進展了。羽仁同學到底想做什麼？她是爲了約我出來才偷走我的筆記本嗎？應該不是，我雖然跟羽仁同學不熟，她要是平常約我出來，我也會甘願赴約。她不需要靠這種小手段才約得到我。

如果說她是偷想看我的筆記本呢？她想確認我預定刊登在淺沼同學的同人誌上的漫畫是什麼內容。就算羽仁同學拜託我讓她看，我也會找藉口開脫，絕對不會讓她瞧見內容……因爲我會害羞。羽仁同學若是想看我的筆記本，是不是只剩偷走它這個手段了？

不，這也不太合理。正因爲我是當事人，我才會知道自己絕不可能給人看筆記本的內容，以羽仁同學的立場來說，她再怎麼樣都會跟我說一聲吧。不需要一開始就使出偷竊這種強硬手段。

我開始覺得思考起羽仁同學的目的這件事本身就如了她的意，便決定思考起別的問題。在拜倫跟羽仁同學面對面交談，想必會令人感到相當頹喪。

對了，現在想想她沒跟我保證只有我們單獨見面，我也不知道對方有多少人。怎麼辦？我會不會去了才發現純閱讀派的成員全齊聚一堂，單手拿著嵌著釘子的木棒說：「妳來了啊。算妳有膽，納命來吧！」朝我攻擊而來？

……不，要修理我的話，在校內修理我的方法多得是，應該不是。不過我覺得羽仁同學未必是單獨赴約的這個想法是對的。我是不是也該找人赴約？像是阿福、小千或淺沼同學。唔，不過說到底這還是我自己的問題，我想盡量靠自己解決。

約定的時間在值班結束後半小時，我沒空順道去書店。我期待已久，或者該說有些吃味地才終於等到今天，要我再等下去實在是很過分。

雖然我心底確實很希望快點跟她交涉，但傍晚五點半這個時間有點尷尬。媽媽對於我晚餐會遲到這件事不會多說什麼，卻會露出有些難過的表情。我先寄了郵件通知她自己要輪值跟討論社團的事或許會晚歸，不過我還是想盡可能在開飯前回家。

約定地點選在拜倫也讓我不太開心。神山市是個小城，沒有幾家西式糕點店。在市中心的蛋糕店相當於只有這家拜倫，這裡的蛋糕可是夢幻逸品。小學時代每到我的生日，父母總是會買拜倫的蛋糕爲我慶生，之前去小千家拜訪時，我帶的伴手禮也是這家的蛋糕。雖然我一時之間也想不到有哪家店我跟羽仁同學都知道，高中生在下課之後上門也不礙事，我就是不想在充滿美好回憶的這家店裡談不太舒服的話題。

但既然對方指定，我也無可奈何。正當我這麼心想之時，我抵達了擁有令人眼睛一亮的白色牆面與群青色屋瓦的西式糕點店「拜倫」店前。手表顯示五點二十七分，我剛好趕上。一路上加快腳步令我有些喘不過氣，也渾身大汗。我深呼吸幾下，拿手帕擦拭額頭與脖子。

好了，都來到這個地方，東想西想也沒用。不管前方有什麼牛鬼蛇神在等著我，我都會搞定他們拿回筆記本打道回府。我用力拍拍臉頰進入店內。

冰箱裡頭陳列著色彩繽紛的蛋糕。桃子還要一段時間才上市，現在是櫻桃的季節。然而今天的我就算見到草莓蛋糕與巧克力蛋糕，也雀躍不起來。拜倫的員工制服是黑色連身裙，只有領口一圈是白的，帽子也一樣是黑色，看起來有幾分像修女。店員面帶微笑柔聲招呼我。

「歡迎光臨。」

「不好意思，我想喝茶。」

「好的，裡面請。」

我沒到過這家店裡頭的座位區。照著店員指示的方向前進，狹窄昏暗的走廊盡頭居然是一片豁然開朗。

這裡天花板挑高，地板是鋪木地板，窗戶形狀細長，牆上有一座鐘擺式的大時鐘。羽仁同學說是喫茶席，但這裡看起來倒像是大廳堂。現在大概是過了下午茶時間，沒什麼客人。唯一一名客人穿著神山高中的水手服，背對著我這邊。她似乎注意到了我的腳步聲，緩緩回過頭來。

「妳來了啊，伊原。」

我原本還想不管前方有什麼牛鬼蛇神我都會搞定他們，萬萬沒想到等著我的人竟然是她。她是神山高中三年級學生，前漫畫研究會社員河內亞也子。

河內學姐露出苦笑。

「別這麼驚訝嘛。羽仁都沒跟妳解釋過嗎？別擔心，我請客……誰教我是學姐嘛！」

她說。

漫畫研究會裡的創作派與純閱讀派開始產生明顯對立，導火線是去年的文化祭。但這兩派的衝突激化，導致社團無法正常運作，則是在過去純閱讀派的領袖河內學姐早其他三年級生一步退社以後的事。失去了身兼領袖與剎車的河內學姐，漫研陷入了分裂狀態。

這位河內學姐如今出現在這裡，還提起了羽仁同學。我搞不清楚狀況只感到不舒服，心中出現一股直接掉頭離去的衝動，河內學姐卻對我輕輕招手。

「快，別發呆了，找個位子坐吧。」

她平靜的話語間不知怎地有種緊繃感。我摸不清這股有異於敵意的感覺從何而來，慎重地走進學姊，隔著圓桌面對學姊就坐。

學姊面前擺著注入紅茶的茶杯，壺蓋上點綴著花朵的茶壺，以及筆記本。旁邊的空位上放著紙袋，裡頭裝著疑似漫畫雜誌的厚重物體。圓桌上沒有菜單，不過剛才那位修女打扮的店員也進了大廳，向我遞出二折式菜單。

我沒有胃口，就點了紅茶。

店員一離開，只剩我與河內學姐在廳內。我突然想起阿福說過，我的現狀與折木的讀書心得說不定很像。記得那篇感想指出，派出刺客襲擊美樂斯的幕後黑手不是國王而是另有其人。而我目前的狀況，正是派出羽仁同學的幕後黑手另有其人吧。我明明一開始就知道羽仁同學與河內學姐有私交……

啜飲完紅茶，河內學姐將茶杯放回托盤，發出了細微的聲響。

「最近漫研還好嗎？」

「糟糕透頂。」

或許學姊只是想在進入正題前閒聊一下，我卻忍不住將深鎖心中的怨氣吐了出來。

「大家騷擾互相挖苦，根本談不上什麼喜歡漫畫。學姊……妳爲什麼要退社。」

要是河內學姐可以之後再退社，或許就能在雙方關係惡化到目前這種狀態前找到握手言和的方式。我並不怨恨退社的學姊，也覺得玩不玩社團是個人自由。但我還是無法否認事態就是在這個人抽身離去後才惡化的。

「這個嘛，我有點事……」學姊含糊地說，一手伸向茶杯，另一手提著茶壺將紅茶倒進杯子裡，顯然很想轉移話題。

過不了多久，店員將我的紅茶也拿過來了。

「再兩分鐘就可以喝了。您需要砂糖嗎？」

「不用。」

平常我無論是喝咖啡或紅茶都會加糖，今天我卻想喝苦澀的原味。

大廳再次剩下我倆，我難以忍受寂靜率先開口。

「是學姊指使羽仁同學偷走我的筆記本嗎？」

河內學姐的視線停駐在茶杯上回答我。「就結論來說是這樣沒錯。」

我很想問她爲什麼要這麼做，但有更該優先解決的事。

「請妳還給我。」

在我要回筆記本之前沒什麼好談的。學姊似乎硬是想擠出笑容，露出了扭曲的表情。

「這是當然的。」她將手擱在筆記本上。「但妳可別一接過就逃跑啊。」

「妳挾持人質威脅我，還跟我提要求啊？」

「妳果然在生氣。但這也是難免的吧。」接著學姊緩緩向我低頭謝罪。「對不起，都是我不好。但請妳聽我說。」

我無法原諒。應該說我缺乏允許我判斷她值不值得原諒的理由。我的聲音變得僵硬。

「……我知道了。我不會說我不介意，但我就聽妳怎麼說。」

「謝謝。」

學姊將筆記本推向我說道。「我沒看內容。」

拿到了筆記本，我想也不想就將它抱在胸前。雖然很想打開確認，但這樣就像是在懷疑學姊承諾沒見過內容是說謊，我終究沒這麼做。雖然筆記本只是雜記，要重頭來過也是可以，一旦將筆記本放進自己的書包，我心裡還是產生了一種終於拿回失物的感動。回家以後我得打電話給阿福，告訴他筆記本失而復得，請他不要擔心。

我在自己的茶杯注入紅茶喝了一口。我緩緩將茶嚥下喉嚨，縮起腹部鼓足力量，直視著河內學姐。

「那麼，妳要跟我說什麼？」

「好。」學姊原本就很銳利的眼神，也直挺挺地回望著我。「伊原。」

「是。」

「妳離開漫研吧。」

……給我來這招啊。我等三秒開口：「妳就是爲了威脅我才偷筆記本嗎？」

「居然說威脅。不過錯的確在我，眞不好反駁。」河內學姐輕嘆一口氣後低下頭，微微一笑。「妳想太多了。我不是這個意思。」

我沒吭聲。學姊再次抬起頭來。

「我聽說淺沼的事了。她邀稿的人害怕了，把一切都告訴羽仁。羽仁跑來找我商量，所以大致的狀況我都知道……包括妳也受邀這件事。妳很有興趣吧？」

說我有興趣可能不太正確。

「只要能畫漫畫……」

「妳就不計較發表場合？計較一下吧。」

學姊蓋過的話語份量太過沉重，我默不作聲。她將右手臂靠在圓桌上，稍微向前探出身子。

「妳現在不該爲了這麼無聊的事浪費時間。妳應該很清楚，淺沼只是想奪權吧？」

我很想反駁學姊，淺沼同學對漫畫也有一份愛。但我做不到。我沒讀過她畫的漫畫，也不知道她喜歡哪種風格的作品。仔細想想，我跟淺沼同學根本沒聊過漫畫。可是既然學姐說我現在不該爲了這麼無聊的事浪費時間……

「那妳說我現在該做什麼？」

河內學姐立刻一口斷定。

「當然是提升技術而創作。就算配合淺沼的邀約照著沒意思的主題創作，也只是不務正業罷了。」

我感到很驚愕。我應該沒將內心的衝擊形於色，河內學姐卻彷彿摸透了我的心思，繼續乘勝追擊。

「現在的妳不該畫這種玩意。」

「……」

「漫研只會給妳扯後腿。」

我自己有時也覺得要是漫研內部不像現在這樣分崩離析，或許能跟大家談論更多。不對，我每次去漫研都深深這麼覺得。不過即使如此，我仍不認爲漫研會拖累我。

可是從我口中出來的反駁卻是不爭氣地薄弱。

「沒這回事。」

學姊毫不留情。

「妳對她們有夥伴意識嗎？還是妳覺得退出加入過的社團很虎頭蛇尾？那我再告訴妳一件事。就像是漫研對妳沒有幫助一樣，妳對漫研也沒有幫助。我不會說妳是一切的罪魁禍首，然而妳的確是其中一個禍因。」

這是在說我與河內學姊在文化祭爭論，最後還被潑了髒水的事吧。漫研的內部對立在此之後確實變得更加激烈，但那只是個意外，而且我也無能爲力。

「妳看起來一臉疑惑。我們學校的棒球社不是很爛嗎？」

學姊突然改變話題，我一時之間都跟不上了。

「神高好歹還算是升學校，他們就是升學校的弱小棒球社。這設定很常見吧。而要是突然來了一個十年難得一遇，在明星學校也能稱霸的天才，妳覺得會發生什麼事？」

學姊沒給我思考的機會，直接繼續她的話。

「周圍受到刺激拚命練習，大家一起變強……這是漫畫裡才會出現的事。十之八九是他配合周遭開開心心地玩社團，卻反被隊友嫌棄。」

學姊是想說，這就是現在的神高漫研嗎？

「我，」我結結巴巴地反駁。「我又不是十年一遇的天才。」

「是啊，妳沒那麼厲害。」學姊乾脆地點點頭，卻也繼續說道。「但妳也稍微有一絲絲的才華。至少跟我不相上下。」

我讀過河內學姐的漫畫。《BODY TALK》……好看。眞的很好看。

「學姊比我厲害。」

「這是因爲我資歷比妳深。我說妳啊，謙虛不是壞事，但要有自覺。」

學姊啜飲茶杯內容物，喉頭發出細微的吞嚥聲。

她將手中的茶杯在空中搖晃，喃喃地說。

「……我想成爲職業漫畫家。就算我畫得很爛，我還是想進步。」

聽到從河內學姐口中說出畫得很爛這種話，我就覺得好心痛。我跟這個人是有些過節，但我從未認爲她的漫畫無趣。她的幽默感很獨到，難過的時候閱讀可以讓人笑容滿面，開心的時候閱讀，卻又會讓人胸中產生一股憂傷。

「我遲遲離開不了漫研社。我也沒辦法像妳那樣明知道會招惹反感，卻還能在漫研社創作下去。因爲我莫名其妙受到仰慕，我沒辦法拋下大家的愛戴。」

學姊直直地盯著我的雙眼，向我訴說。

「我很後悔我居然把高中三年的時間，花了兩年在那種地方。」

默默無語之時，學姊指出我也在漫研花了一年青春。

學姊握緊拳頭。

「我應該要畫得更勤快才對。所以或許爲時已完，我還是爲了創作而退社了。我也有才華，雖然只是渺小不堪的才華，我也應該爲它奉獻。」

爲才華奉獻。

可是學姊，這是很痛苦的過程。拋下朋友拋下夥伴，爲自己不知是否可靠的才華奉獻，是很可怕的事。學姊自己想走上這條路嗎？學姊是不是也想叫我走上這條路？

河內學姐的語氣突然變得莫名開朗。

「伊原，妳也退社吧。」

「可是我——」

「離開漫研跟我聯手吧。」

我說不出話。我懷疑自己耳朵是否聽錯了，學姊沒對我說第二次。

「妳還記得《夕暮已成骸》吧。」

我怎麼可能忘了？那是我中學時代在神高文化祭買到的重要藏書。高中生居然畫得出這等傑作令我深深傾倒，因此我進入神高之後，毫不猶豫就加入漫研。早知道我就該猶豫一下，我後來才知道《夕暮已成骸》的作者不是漫研的社員。

提起那本漫畫的時候，河內學姐看起來有點消沉。

「那是一本傳說。我讀不了，而妳深受感動。下一次就換我了。換我跟妳出書。」

我心一顫。

學姊舉起一根指頭。

「這個計畫有兩個優點。首先是比起配合淺沼的計謀，這件事更能爲我們累積經驗。我看妳的漫畫台詞太拗口，太急著把所有資訊告訴讀者。而我該怎麼說呢？我的漫畫太理智了，視角有種厭世的感覺。我們應該能從彼此身上學到很多。」

接著她舉起第二根指頭。

「而這本書……可以像《夕暮已成骸》那樣，爲未來的學弟妹指引道路。雖然漫研現在是那副德性，光靠我們也足以維繫傳統。」

我當眞沒想過。

「妳要在文化祭販售嗎？」

學姊爽快地點點頭。「沒錯。」

這大概會違反校規，但在此之前還有個問題。

「這樣會招惹到漫研的人啊！」

由於《夕暮已成骸》的作者不是漫研社員，我沒聽說發生過什麼糾紛。但要是我不但從漫研退出還在文化祭販售自己的漫畫，這就等於是我跟書一起對漫研挑釁了。

學姊露出壓抑的表情。

「這就是問題。妳在意漫研到不敢畫妳想畫的東西，因此我才要妳退社。漫研當然會討厭妳仇視妳，但那又怎麼樣？妳也不會被他們打吧？不對，說不定他們會出手……被揍一拳應該還好吧。」

「我只是想畫漫畫啊……」

「妳現在才跟我提這個！在妳會自己創作的時候就是怪胎了，早被瞧得扁扁的。妳如果不喜歡人家這樣看妳，要不就不要畫，要不就磨練到人家不敢多嘴。妳只能二擇一。」

雖然我隱隱約約早就有這種感覺，有人跟我戳破這點，我還是有點難受。

「而且我跟妳老實說，妳畫得那麼認眞的漫畫，漫研裡根本沒有人讀過。不用擔心，妳找個人代替妳顧攤就好。」

這麼說來我在漫研畫的圖，與其說是二次創作，不如說是仿畫。從現在到文化祭大約還有四個月，我要是與河內學姐合作，畫風應該也會改變，應該不用擔心……對吧？

我喝了點紅茶安安神。

「可是淺沼同學那邊的邀約我還是……」

「不太想拒絕嗎？我其實很不想跟妳說這件事，但她當初找人的時候，還告訴大家伊原妳會負責編輯喔。」

我第一次聽到這件事，動作稍微僵住了。

「妳被她當成工具人啦。即使如此，妳還是要爲她盡道義嗎？」

……河內學姐說的這些我都知道。但一想起今天午休的事……我果然還是無法對淺沼同學坐視不管。

「我先前還要淺沼同學等我回應。我實在不敢在她等到最後，才告訴她我要退社，不能跟她合作。」

學姊重重地嘆了口氣。

「眞拿妳沒辦法。妳去年不是爲文化祭畫了四頁漫畫嗎？就是因爲社刊的方針而無法刊登的那四頁。」

經她這麼一說，我的確畫過。那是介紹神高漫研的四格漫畫，沒人承諾會刊登，我還是自己畫了。後來因爲社刊只刊登評論，這四頁就被我束之高閣。

「妳交給她那份稿子就好。就算是去年的稿子，我想淺沼應該也不敢抱怨。」

原來如此……學姊記得眞清楚，連我都快忘了。

在我回應學姊之前，有件事我必須釐清。

河內學姐或許是想對陷入漫研糾結的人際關係中的我伸出援手。她也可能只是想跟畫技差強人意的學妹一起出書。無論何者我都很高興，但我還沒找到足以原諒她的理由。

我在喝乾的茶杯裡倒入第二杯紅茶，稍事停頓再啜飲一口。我長嘆一口氣抬起臉龐。

「我明白狀況了。學姊，我想請教一件事。」

「什麼事？」

「既然如此，妳爲什麼要指使別人偷我的筆記本？」

想到昨天放學那股無從發洩的激動都是這人導致，我實在無法信賴地與她共事。

河內學姐蹙起眉頭。

「……我聽說妳被淺沼邀稿又持保留態度，覺得事情不太妙。一旦妳承諾要參加，依妳的個性來看，說什麼都會畫下去。這樣一來妳既不會離開漫研，也不會與我合作。所以我才請羽仁想辦法在星期五晚上前幫我阻止妳回覆淺沼。」

她輕輕嘆一口氣。

「希望妳不要怪羽仁，她只是照著我的請求做。但讓我辯解一下，我也沒料到她會用這種手段。我如果跟羽仁全都說個清楚，或許就不會爲妳帶來困擾，但有太多事我難以啓齒……」

學姊大概沒告訴她，自己想與我聯手在文化祭發行漫畫。要這麼做就要像打游擊一樣出奇制勝，透露計畫的對象越少越好。

透過剛才學姊的說明，我也了解大致狀況了，然而剩下一件百思不解的問題。

「爲什麼要等到星期五晚上？」

我原定要在星期五放學後回覆淺沼同學，如果想阻止我，就只能妨礙我的分鏡作業了。先不管我心情上能不能接受，邏輯確實合理。但既然如此，爲什麼不在昨天或前天跟我提這件事？我不懂學姊是爲了什麼才想拖延時間。

「這是因爲……」

學姊眨眨眼，彷彿我問了自己心知肚明答案的問題。「啊，對了。」她邊喃喃自語，邊從放在空位的紙袋取出內容物。

就在此時，我的全身都僵硬起來。這玩意怎麼會出現在這裡！

學姊手上的東西，正是新納豐老師繪製封面的《漫畫月刊拉辛》六月號。

「今天是這本書的發售日。」

今天五月十八日的確是《拉辛》的發售日。而且六月號還刊登了一年四屆的新大陸獎的結果。因上一屆結果而打起信心的我這次也參加了比賽，滿心期待著這一天。不過爲什麼《拉辛》現在會出現在這裡？

河內學姐似乎覺得我慌亂的模樣很有意思，臉上微微浮現了壞心眼的笑意。

「恭喜妳上一屆獲得努力獎，井原花鶴。」

啊嗚。我冒出了無意義的呻吟。學姊吃驚地笑了。

「需要這麼驚訝嗎？妳用這個筆名參加過好幾次販售會了吧。之前大須那場不也是這個筆名？我也是《拉辛》的讀者，當然會察覺。」

沒想到我居然被這個人摸透了。

河內學姐凝視著《拉辛》的封面。

「我在三月號見到妳的名字，開始懷疑起自己在做什麼。既然我一離開大家就開始起衝突，我想我對漫研內部的勢力平衡其實也有些貢獻吧。但現在不是處理內鬥的時候。我一領悟到這點就退社了。」

學姊將手放在雜誌上。

「講評說『作品越來越進步』，因此我看出妳一直以來都在挑戰這個獎。雖然我覺得應該沒希望，但要是妳在這一號獲得了更高的獎項，就不該與我這種外行合作，妳必須盡快成為職業漫畫家。所以我想等發售日以後再跟妳談。因為如果我先跟妳談好合作，之後妳才知道自己得獎的話，妳應該還是會想遵守與我的約定。」

我的視線牢牢黏在六月號的《拉辛》上，學姊說的話沒幾句進入耳裡。學姊露出苦笑，將雜誌推到我面前。

「眞是心不在焉耶。妳想看對吧。」

「啊，對。」

「我先讀過了。」

「結、結果如何？」

學姊只是笑而不語。我一拿起《拉辛》，立刻翻到最後一頁確認目次，顧不得形象，連忙翻開新大陸獎的公布頁面。

第十五屆新大陸獎得獎作品〈冰冷海洋的奇談〉，春闇魔。

佳作裡頭沒有我的名字。

至於努力獎……

我默默闔上雜誌。河內學姐用一種過來人才有的溫柔語氣道。

「很不甘心吧。我能懂。那麼，妳要不要跟我合作？」

「……我要。」

「說好囉。」

河內亞也子學姊堅定地點頭。

「伊原，我們來創造傳說。名留神山高中的傳奇之作。然後……」

「我們將會變得更厲害。妳說對不對？」

學姊露出了我們相識以來最燦爛的笑容。

於是我退出了漫畫研究社。

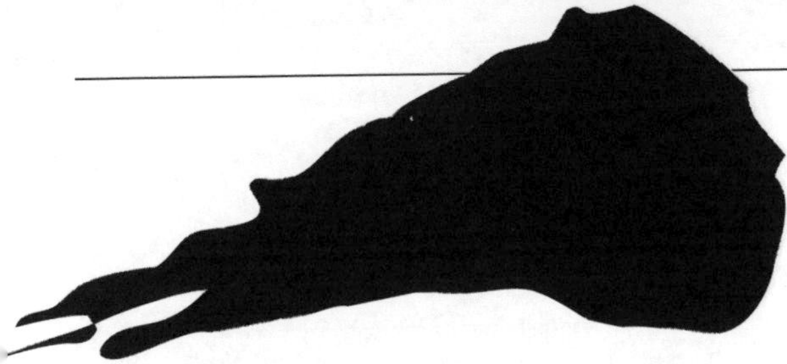

漫長的假日

1

這天從一大早就有點不對勁。

我醒過來，床頭的時鐘顯示早上七點，星期天。

我的感覺不像是淺眠被打斷時那種驚愕的甦醒，雖然還有微微的睡意殘留，卻也不想睡回籠覺。我在棉被裡滾了一圈，貼伏在床上，接著撐起手臂起床。

我一踏下床，就察覺到有哪裡不對勁。望著從窗簾縫隙透出的早晨陽光，我茫茫然地囁嚅。

「感覺狀況不錯。」

現在的我無論身心，都沒有欠缺什麼的感覺。

我並不是常常苦於身體不適的人。所以與其說現在的我身體狀況很好，還不如說是精力很充沛。我甚至還覺得像這樣的日子要是不做點無謂的事來消耗體力，後果可能會不太妙。最近難得這麼有精神。

我下樓走到廚房查看冰箱。裡頭還有培根、舞茹與小松菜，我將這些材料剁碎。使用烤麵包機的空檔，我在小碗裡打蛋混勻，隨手加入包裝起司、牛奶與剛好映入眼簾的咖哩粉。我用瓦斯爐的其中一邊炒培根，另一邊做玉子燒。因為不小心忘了燒開水，只好之後再泡咖啡。

我將早餐運到起居間，吐司上什麼配料也沒塗，塞得臉頰都鼓了起來。下樓梯的腳步聲傳進耳中，由於老爸出差不在家裡，我馬上知道是老姊。腳步聲接著朝廚房前進。

「啊，早餐做好了耶！」老姊從一大早就很有精神。「奉太郎，這是你做的嗎？」

「妳覺得呢？搞不好是晚上小偷幫我們煮的。」

「這小偷還真溫馨……他應該還沒走遠吧。別突然開不好笑的玩笑啦。」

我沒應聲，將炒培根堆在吐司上。老姊的聲音傳入耳中。

「我可以吃嗎？」

我的嘴裡塞滿了食物，因此用點頭代替回答。老姊人在廚房應該看不見，但就算我拒絕她還是會吃，根本沒差。再說我一開始就準備了老姊的份。

沒過多久，她就說了一句沒禮貌的話。

「唉唷，沒想到還滿好吃的。」

「不要偷吃啦。」

「這是怎麼弄的？你加料了吧？」

她似乎在吃玉子燒。咖哩粉還放在流理台沒收起來，我想老姊應該馬上就會察覺，因此我沒作聲繼續用餐。

「你加了這個啊。」果不其然。

「要說精緻……或許還稱不上，不過你也挺行的嘛。奉太郎你哪根筋不對勁，發生什麼事了嗎？」

這個人還是一樣莫名地敏銳。我喝了一口牛奶回道。

「我今天狀況很好。」

老姊驚訝地回了我一聲：「是喔？」

起了個大早吃了早餐，打掃環境又洗了衣服。清洗浴室還擦了微波爐周遭，午餐煮了烏龍麵來吃。時鐘顯示一點。這天眞長。

我坐在房間的床上思考接下來該怎麼辦。從拉開窗簾的窗戶看出去，戶外十分晴朗。這陣子鋒面滯留，下了好久好久的雨。好久沒見到晴天了。

「……出門吧。」

我穿上工作褲，在側邊口袋放進文庫本。套上POLO衫以後再一次望向窗外，我不禁露出笑容。

「我居然會珍惜起晴天。」

在難得的晴天捨不得待在家的不是別人，竟然是我折木奉太郎。福部里志要是聽到了，大概會來量量看我有沒有發燒吧。我把錢包拿在手上，卻又心血來潮抽出一張一千圓，放進另一邊的口袋。

我就這麼出了家門，接下來沒什麼行程。我只是想散步，不過也得先決定好目的地。

「該去哪裡？」

我原本想去書店，可惜這個月我因故阮囊羞澀。再說口袋裡的文庫本在今天之內應該還讀不完。

這麼看來我還是去可以讀書的地方吧。我考慮過河岸旁，但這個季節蚊子也差不多要出現了，我不太想待在水邊。而且河岸的視野很開闊，非常引人注目。我不算是很在意他人眼光的人，但遲鈍總有個極限。

這附近有八幡宮。那裡很安靜，也有適合坐的石頭，應該不錯。就在我很滿意這個選擇，踏出第一步的時候，忽然覺得有點不對勁。八幡宮太近了。從我今天狀況良好的程度來看，不走遠一點，可能會有體力過剩的危機。

「那就換成這裡吧。」

我轉過身子。荒楠神社的距離恰到好處。我並非執意要去神社，只是因爲一開始想到八幡宮，自然想去類似的場所。

我邁開步伐。原本我還覺得穿POLO衫有點寒意，走著走著身體開始感到不冷也不熱，相當舒適。我繞開熟悉的通學路，踏上平常不走的暗巷。巷子裡似乎是風流動的道路，左右明明包夾著木圍牆，卻能感受到涼風吹拂。我見到一隻貓站在圍牆上。那是隻臉有點臭的虎斑貓。

「嗨。」我舉起單手問候牠，貓咪似乎受到驚嚇逃跑了。真對不起牠。

一路信步而行，我來到橋邊。連日的雨一直下到昨天，河川暴增了不少水量。我暫時停下腳步，俯視發出轟轟巨響的濁流。

「古人說：匯集五月雨，迅流最上川。（註）」

這條河不是最上川，下的雨也不是五月雨。我要是再飽讀詩書一點，或許可以想出更貼切的詩句，可惜我就是沒書袋可掉。里志大概對得出更高明的詩詞，說不定千反田更是厲害。

我路過章魚燒店前，一股香氣飄入鼻尖。雖然我吃了充足的早餐，卻還是食指大動。我手上有千圓大鈔，應該買得起章魚燒……我感受到一股衝動的誘惑。不對，冷靜點。現在買了章魚燒要去哪裡吃？我好不容易把持住自己，卻也不自覺加快了腳步。

離家走了十分鐘，陌生的巷道逐漸增加。我打從出生以來沒離開過這座城鎮，才過十分鐘就走到陌生的道路，可見我活得多麼勤儉。我不曾感覺自己的方向感欠佳，因此我是懷抱著一定程度的自信才踏入未知的路徑。這裡，朝這個方向走，大概在這裡朝這個方向轉彎的話……

我來到一個開闊的地方。連我自己都敬佩不已，這裡正是荒楠神社前方。

「好。」

我喃喃自語，抬頭仰望鳥居的前方。我都忘了荒楠神社位於有點高度的丘陵山腰。這表示要走到神社內部還需要爬上漫長的樓梯。就算我今天的狀況再怎麼罕見，處於想無所事事地散步的異常狀態，攀登漫長的樓梯還是太吃力了。我在一瞬之間猶豫起來。

「算了。」旋即邁開步伐。

我一邊數著階梯的數量一邊攀登。沒爬多久就進入茂密的杉木樹蔭，氣溫一口氣降不少。階梯的數量在我爬了超過三十層以後開始混淆。二十八、二十九、三十、好多層。我雖然沒思考過未來該從事什麼職業，不過我想必不適合需要清點數量的工作。

我開始喘了起來。想讀書也是很費勁的，乾脆就在這個階梯上坐下來開始閱讀吧。不不不，我都爬了一半。再爬一下，再爬一下就好。我採取前傾姿勢逐階攀爬。

註：原句為「五月雨をあつめて早し最上川」出自松尾芭蕉《奧之細道》。最上川位於現今山形縣，是日本三大急流之一。

雖然我早就放棄計算了，但我大概爬了一百階。好不容易爬完，我深深地吐了一口氣。洗手台映入眼簾，我很想喝水喝個飽，但洗手台不是飲水台。至於自動販賣機……神社裡應該沒有吧。

正當我東張西望的時候，我跟從社務所出來的人對上視線。她穿著短褲與T恤，打扮休閒得就像是待在自己家裡。她是個戴著小鏡片眼鏡的長髮女子。

「啊。」

直到現在我才發現那個人是十文字香穗。她打扮得很居家也是理所當然，這裡就是十文字的家。對方也注意到我，慢慢朝我走近。

「感謝您前來參拜。」她將手心在胸前合起，恭恭敬敬地鞠躬。我差點被她出乎意料的迎接唬得一愣一愣，隨後又想到之前自己曾經被類似的手法騙過。

「打擾了。」我姑且先如此回應。十文字噘起嘴，似乎很不滿我沒有慌了手腳，又馬上露出笑容。

「你來參拜嗎？」

「也不是……不對，我也是來參拜的。」

在神社的人面前，我實在不敢坦承自己不挑地點。

十文字回頭望向剛才她離開的社務所。

「艾流萊了唷。」

「啥？」

「艾流萊了。」

這是平賀源內發明的什麼東西嗎？艾流萊了……

她是說「愛瑠來了」嗎！

「咦，爲什麼？」

她笑呵呵地回應我。

「她只是來玩的。方便的話你也來吧。我可以請你喝杯茶。」

「我就免了。」

「我們正在聊跟你有關的話題喔。」

跟我有關？是什麼話題？

「我不會勉強你，不過俗話也說十年修得同船渡嘛。」

「這是佛教的諺語吧？」

「我對宗教一視同仁。」

「可是我……」

「不過你喔……算了，我還是直接給你看吧。來，這邊請。」

我莫名其妙就被抓進社務所裡了。

現在想想，我或許是被她巧妙地拐騙進去。

社務所一隅有個三坪大的房間。拉門跟其他房間看起來都一樣，一踏進去才發現這裡似乎是私人房間，放置著許多物品。有櫃子、鬧鐘、放置小說與雜誌的書架、茶壺以及茶几。十文字的住處應該是在別的地方，不過這裡似乎是她位於社務所的房間。

「哎、哎呀。折木同學怎麼也來了？」

千反田手忙腳亂。她左右張望，伸手順了幾下自己的頭髮，接著才恍然大悟似地起身收拾茶几上的物品。十文字語帶笑意地對她說道。

「用不著藏起來吧。」

「啊、也是。妳這麼說也對。」

她點點頭，似乎因此稍微恢復了平靜，恢復端莊的坐姿。

「折木同學你好。眞沒想到會在這裡碰到你。」

「是啊，我嚇了一跳。」

「啊，不過折木同學也知道我在這裡吧。」

她在說什麼？

「咦，是喔？」

十文字看向我，我搖頭否認。

「可是我曾經說過星期天跟香穗同學有約。」

「妳是什麼時候跟誰說的？」

「我是星期五放學後跟摩耶花同學說的。」

妳爲什麼認爲我會知道妳跟伊原說的話啊？我正想這麼反駁，卻被先發制人。

「你當時不是剛好待在附近嗎？」

我記得星期五放學後我待在社辦，確實很有可能待在附近。

「我沒聽到。」

我不做多想立刻否定，發現再說下去，感覺好像是我偷聽了千反田與伊原的對話，特地來千反田的目的地堵人。於是我再次加強語氣否定。

「我完全沒聽到。」

千反田淡淡地點頭。

「說得也是，折木同學當時在看書嘛。」

旁邊的十文字低吟一聲。很難說她到底相不相信我。

十文字幫我張羅坐墊與綠茶。這段期間千反田再度將她想隱藏的東西放上茶几。

「我是來看這個的。」

那是張照片，是四月時在千反田家附近舉辦的眞人雛偶祭照片。

「啊，不過我還是覺得好丟臉喔。」

她再次作勢要藏起照片。

千反田在眞人雛偶祭裡擔任皇后，穿上十二單衣。我受千反田之託，擔任幫雛偶撐傘的人。里志幫祭典攝影，我看過那些照片。不過現在茶几上的照片是別人拍的。

要說看了難爲情想藏起照片，我何嘗不是。我的目光注意到一張照片。就在低垂眼眸、神色自若的雛偶千反田後方，是頭戴烏帽子的我……我的表情眞是呆滯得慘不忍睹。不僅是嘴巴大咧咧地張開，雙眼也相當無神。

我不禁別過頭去。

「照得好醜。」

「你說這張嗎？」千反田將那張照片拿到手邊。「的確不太上相。」

十文字將綠茶端上茶几，在坐墊上坐下來，回應道。

「你當時在打呵欠吧？還眞是奇蹟般的一張照片呢。」

「比起奇蹟，我覺得更像是惡夢。」

還有，我那副表情才不是在打呵欠。當時的我……大概是看得出神了。我在里志的照片裡看起來比較像樣，應該沒有整趟路上都掛著這種表情吧。希望如此。

十文字略帶歉意地說。

「不好意思硬是把你拉來，因爲我們看了這個忍不住笑了……剛好你本人來了，要是不給你也看看這照片，我總覺得自己在背後嘲笑你。」

我懂她的意思，但反正她們也不是嘲笑我才看這些照片，十文字眞重義氣。

「順便一提這張照片裡，被拍醜的就是愛瑠了。」

「香穗同學！不能給他看！」

接下來一段時間，我夾在被照片打開話匣子的兩人間緩緩喝著茶。我受十文字之邀才會出現在這裡，然而我怎麼看都覺得自己是局外人。應該說我在這裡坐立難安。雖然說我剛好口渴，有茶可喝這點實在感激。

我本來想抓住對話的空檔告辭，對話卻遲遲沒完沒了。在我伺機而動的這段時間裡，我把茶喝完了。好不容易等到兩人的對話差不多要告終時，十文字不經意望了一下時鐘。

「都這麼晚了。愛瑠，差不多了。」

千反田回以微笑。「好的，我知道了。妳東西都買好了嗎？」

十文字的動作瞬間凝結。「糟糕。我一出去就遇到折木同學，就混到了現在。」

雖然不知道發生什麼事，難道是我的錯？十文字眉頭微皺，垂下頭來。

「慘了，現在趕過去還來得及嗎？」

「怎麼了？」

千反田回答了我的疑問。

「我今天原本預定給香穗同學看過照片以後，要協助她做一件事。」

十文字接著說明。

「除了這項工作以外，家裡還叫我去買東西。跑一趟不需要多久，我剛才原本要去，遇到你害我嚇了一大跳，就忘了這件事。」

妳那樣也算嚇了一大跳？外表完全看不出來。

千反田安慰道。「那就讓我來代替香穗同學工作，妳去買東西吧。」

「可以嗎？」

「當然。我之前也有經驗了。」

「得救了。」

說完以後十文字閉上雙眼，拱手朝千反田一拜。

「阿彌陀佛。」

「妳這是佛教用語吧。」

「我對宗教一視同仁……那接下來折木你何去何從？你繼續待著也無所謂喔。」

「這怎麼好意思，我要告辭了。謝謝妳的茶。」

「是嗎？不用客氣嘛。」

我正要起身時，突然在意起一件事。

「是說，妳們口中的工作是什麼？」

千反田舞動雙手，彷彿跳著某種舞蹈。「就是打掃。」

看來那動作是拿掃把掃地的姿勢。十文字接著補充說明。「再上去一點有個奉祀稻荷神的祠堂。其實用不著今天掃完啦。」

「沒關係。反正我今天就是爲了這件事而來。」

也就是說原本要兩個人一起打掃，現在剩下一個人……早知道就別問了。

但既然我都問了也無可奈何。我只有這句話可說。

「我也來幫忙。」

千反田一度要勸退我，卻也沒強硬拒絕。

2

稻荷神的祠堂位於拜殿旁邊延伸的小徑盡頭。

這麼說來，神社裡頭的確飄揚著「正一位（註）」的旗幟。不過我沒想到號稱就在附近的小徑其實一點也不近。

「這裡眞難找，信徒眞的會走這條路嗎？」

「我也不知道……但神社應該不是招攬信徒才立祠供奉神明的吧。」

我雙肩扛兩根掃把。千反田提著水桶，裝著打溼的抹布、畚箕、垃圾袋與手套。

「走吧。」

小徑的開頭就是上坡，馬上就要爬樓梯。我要是走在前方，掃把可能會打到千反田，因此我讓千反田先走。爬不久，我不經意往後方一望，神社境內已被樹蔭完全遮蔽。

不過這裡還眞是安靜。

……我才感嘆起寧靜，耳朵便察覺到諸多聲響。樹葉的摩擦聲、鳥語、我自己的腳步聲，以及千反田的腳步聲。沒想到平凡的散步最後居然出現這麼神祕的發展。

「對不起，折木同學。狀況變得好神祕。」

沒想到我心裡的想法被她一語道破，我感到心一驚。

「不要緊，我今天很閒。」

有段時間我們默不作聲地攀爬。這段樓梯比在下面看還要險峻，我死命盯著腳邊。

就在我都要忘了剛才的對話時，千反田說。

「眞是難得。」

我感覺已經爬很久的樓梯，然而實際上爬樓梯的時間大概還不滿五分鐘。紅色鳥居與小小的祠堂是剷平了山的一角設置。祠堂前方有座石造的平台，上頭放著白色酒瓶。這裡雖然感覺人煙罕至，地上仍然棄置著空啤酒罐與香菸盒。

我將一根掃把遞給千反田。

「該怎麼掃？」

「祠堂神主會整理，我們掃掉落葉就好。」

「抹布是做什麼用的？」

「要是狛狐跟鳥居上頭沾了鳥糞，總不能坐視不管，我想用抹布擦掉。不過……」

千反田在成對的狛狐四周打轉，露出燦爛的笑容。

「看起來還滿乾淨的。應該擦擦酒瓶就好。」

把酒瓶放在這種地方要做什麼……我看酒瓶八成只是某人忘在這裡的物品。

「好，開始掃吧。」

註：稻荷神的神階，神階是日本神道教的封給各級神明的階級，稻荷神屬正一位，後世便以「正一位」爲稻荷神的代稱。

千反田呵呵笑了起來。

「先打聲招呼吧。」

說得也是。我們將掃把架在狛狐身上，並排在祠堂前合上手心膜拜。阿彌陀佛。

我記得稻荷神是保佑生意興隆的神明。以前我讀過的資料說，稻荷神原本是豐收之神。還是這是里志告訴我的？無論如何，現在的我跟這兩種福氣都無緣。我該對稻荷神說什麼？有了。我會盡快打掃完畢，若有不周之處還請見諒。

「……好了，我們開始吧。」

千反田似乎打算先著手擦拭。既然我剛才都扛了這麼重的東西上來，我決定先掃地。明明還沒到落葉的季節，地上卻不知怎地積滿了葉片。這下大概會是一場硬仗。

我單手握著掃把掃起地。總之就先掃掃鳥居內側這塊區域吧。

沙沙的聲音聽起來莫名舒服。

回想起來，我上午也在打掃。明明是爲了久違的晴天才出了門，我怎麼又在這裡打掃起來了？

哼哼哼，掃地掃地。

「折木同學心情很好呢。」

直到千反田對我這麼說，我才發現自己正哼著歌。這實在太丟臉了。我感到體溫上升。到了這個地步我也不好意思展現出我的心慌，只好推託道：

「也還好。」

千反田伸手掩住嘴角，肩膀抖動了兩、三次。

千反田擦完酒瓶後戴上手套。她撿起空罐放入水桶，接著開始陪我一起掃地。我們沒有說好，卻也自然而然分好了工作。我負責面對祠堂的右邊，千反田負責左邊。

我默默掃著地。這次不可以再哼出歌了。兩根掃把發出的聲響時而合鳴，時而疏離。

「我有點驚訝呢。」

千反田突然冒出這句話。我頭也不抬地詢問。

「驚訝什麼？」

「沒想到折木同學會幫忙打掃。」

「我房間很乾淨喔。」

「眞的呀？」

我想了一下。

「除了考試與某些重大行程前。」

她回應我的語氣中透著笑意。

「我也是。我對自己房間在考試前的乾淨程度有點沒自信呢。」

耳邊傳來小鳥嘰嘰的叫聲。

「……折木同學不是常常說，沒必要的事你不想做嗎？所以我有點意外，我還以為折木同學馬上就會回去了。」

她的話的確有道理，這份打掃工作沒有我想像得操勞。這件事原本就與我無關，我可以叫千反田自己加油以後就揚長而去。應該說平常我大概早就這麼做了。

我沒停下手邊的動作，一邊回答她。

「我今天狀況不太好。」

「咦？你哪裡不舒服嗎？」

「不是這個意思。我不知道怎麼形容，我感覺跟平常不太一樣，想稍微動動身子。我如果不幫妳打掃，說不定就去慢跑了。能做比較有生產力的活動也不錯。」

我悄悄望了一眼，千反田一下子將頭往右歪，一下子往左歪，接著對我說。

「眞的很謝謝你。」

我不太懂她是爲了什麼道謝。

手動著動著，身體逐漸開始冒汗。風吹不進森林之中。或許是連日的雨打溼了泥土，雖然怎麼掃都沒有灰塵揚起，相對地落葉也難以順利地被掃起來。我自然採取了將掃把貼在地上的掃法。感覺掃把要磨損了。

「折木同學。」

「嗯。」

「我可以請教一件事嗎？」

「嗯。」

她要說什麼？商量文化祭要出的社刊還嫌早。

明明是千反田自己開的話題，她卻有些猶豫，遲遲不肯提問。由於掃地的聲音一個勁地作響，我不經意望去，才見到她一直在掃同一個地方。

就在我急得想開口催她的時候，千反田這下終於說出口了。

「這件事要是冒犯到你，就別回答我了。」

「如果妳要問成績我可不會說。大概也是妳比較好吧。」

「我不是要問這個。」

她停頓了一段正好足以呑口口水的時間。

「……折木同學爲什麼會開始把那句話掛在嘴上？」

「那句話？」

「就是那句……『沒必要的事不做，必要的事盡快做。』」

原來是這個。

我停下手邊動作，規律的掃地聲旋即消失。

千反田不知道是誤會了什麼，連忙揮手。

「你要是不想說也好。不對，你要是不想說就算了。奇怪？我這樣講你聽得懂嗎？」

我忍不住苦笑。「我懂妳的意思。」

我吐了一口氣。

「我只是在想該怎麼說起。這故事並不有趣，說起來根本不是什麼天大的理由。我基本上就是個怕麻煩的人。」

「眞的呀？」

我回溯起記憶。樹木間露出晴朗無雲的天空。我竟然會想回答這種問題，可見今天我果然不對勁。

「我想想……」我喃喃說道，再次動起掃把。

3

這件事並非完整的理由，也非值得一提的遭遇。但或許比聽我哼歌還來得堪於入耳。

大概是小學六年級時的事了。在我們學校，每班的每個學生都要擔任一種幹部。妳說妳們學校也是?這麼說來,這種作法應該不少見吧。

反正我身上也兼了一項幹部。幹部是由大家毛遂自薦,如果這樣還決定不了,就靠投票選出。詳細的過程我忘了,總之我成了校環幹部。聽起來很像以前電信局裡的工作吧。咦,妳沒聽過?當時叫做交換手,就是接線員……算了,妳下次去問里志吧。

這個校環委員是校內環境幹部的簡稱。聽起來很像負責打掃的人,但清潔工作是由美化委員負責。這個職位說穿了就是讓班上每個人都有事可做,想辦法硬擠出來的工作。主要的工作……聽了可別笑出來……就是給花壇澆水。

別誤會,我可沒因爲這個工作而對花有了研究。叫得出名字的花,大概也只有三色菫之類的。而這個工作超乎想像地麻煩。聽起來只要每天澆水就好,其實不是。我想妳應該很清楚,澆花要視土壤的乾燥狀況而定,乾了就要澆。我們學校有三個班級,每周會換一班負責澆花。也就是說每隔兩周,我就要整周天天查看花壇的狀況,需要的話就澆點水。這項工作要學很多事。要說麻煩的地方,就是澆花不是天天澆,而是要每天判斷哪種花需要澆水吧。

幹部不是一個人獨自擔任,所有的幹部都是兩人一組。我的搭檔……她叫什麼不重要,就叫她田中吧。什麼?她是女生。幹部都是男女一組。

田中在班上是不起眼的女生。連我這麼不在意班上同學存在感的人都這麼覺得了,她應該是眞的非常不起眼。她很內向，想跟她聊天，講了兩三句就接不下去了。要說她陰沉，或許是有點陰沉吧。髮型？我記得是長髮。沒有妳長就是了……這件事很重要嗎？

反正我跟田中成了幫花壇澆花的幹部。一開始幾周沒什麼問題。到了我們値班那周，放學後我跟田中就去校舍後方的花壇查看土壤狀況。通常我說要澆水的時候，田中總會說還不需要。她說水澆太多不好。她看起來不像是個凡事都有強烈主見的人，儘管態度委婉，她這樣頑固地反駁，我一開始還嚇了一跳。

只不過這樣的對話僅限於第一周。等到澆水的標準在不知不覺間確立以後，這件差事就不需要兩個人出馬。我們一人澆一天，輪値得很順利。

好景不常……不知道過了多久，狀況就變了。田中找我商量，她說：

「我家要改建，暫時要搬去遠處，從車站搭公車要一個小時。公車班次不多，要是沒趕上會很麻煩，我想早點放學回家。」

印象中我也沒有很抗拒，不過班導也出面勸我。

「田中也很辛苦，你要體諒她。你家很近，晚一點回去也沒關係吧。」

他說得沒錯。我家離我讀的小學很近。中學也還算近，到高中卻一口氣變得好遠。先不管這個了。

這個班導是名年輕男子，我記得他擔任教師才三年吧。是個熱血的人。他總是覺得班上還有許多待改進的地方，常常在各種地方出主意。

像是：「折木，你在地板貼上膠帶，方便大家對齊桌子吧。」

或是：「折木，我想把壁報的紙弄大一點，你幫我裁這張紙。」

或是：「折木，我看天花板的螢光燈好像越來越不亮，你幫我注意一下。」

妳很意外嗎？也是。我們班導常常叫我做事。現在想想，我當時或許覺得那是教育的一部分吧。反正我巡視完花壇回去以後，班導常常在沒幾個人的教室裡等我，叫我去做事。當然，他命令我，我就會乖乖聽從他的命令去做。其實在升上六年級以前我常常遇到這種狀況，只是對象都不一樣。

班導要我體諒田中的苦處，代替她巡視花壇。我乖乖答應，從下個値班周開始每天獨自巡視。一開始田中還會跟我道歉，不過人總是會習慣的。不久後她就一句話也不說先回家了。但我也不怪田中。走到車站搭上公車，接著要經過一小時的車程才能回家，確實是很辛苦。

到目前爲止的經過都是前提，有沒聽懂的地方嗎？我實在不習慣說故事。

很好。那我繼續說。

這是某一天發生的事。

我在午休與田中一起去了花壇，班導叫我們在角落播種。我忘了那是什麼種子。當時應該是暑假前夕，所以應該是牽牛花吧。不，其實我不記得了。

班導也叫我們在花壇插上寫著花名的牌子。現在想起來，那大概就是班導自己心血來潮的主意吧。他大概覺得教育環境改善運動的目標不僅限於自己班級裡頭。牌子的數量很多，我們兩人分攤仍然拿得雙手滿滿。加上還要帶花的種子，拿得有點吃力。我將種子放進口袋。種子外頭有紙包裹，因此不用擔心在口袋裡散開。田中則是雙手拿著牌子，很吃力地試圖將種子夾在指間。

「妳放口袋吧。」我理所當然這麼勸她，因爲我也是這麼做。想不到田中搖搖頭。

「我沒有口袋。」

她說。之後我稍微思考了一下她的衣服沒口袋這件事。畢竟我實際上沒什麼機會盯著別人的衣服看。

我們很少交談。雖然我們擔任相同的幹部，但田中實際上也有好一段時間沒做事了，我們也沒話題。我們播完種以後，就看著牌子不知該如何是好。我跟田中都不記得花的名字。畢竟沒人告訴過我們。因此我們無法設置立牌，不過我們還是設法混了整個午休。

到了放學後。

那周輪到我們班負責花壇。不過在午休播種時我確認過花壇，判斷還不需要澆水。所以雖然我其實可以趕快回家，卻還是留在學校閒晃。我似乎在教室與朋友聊天吧。結果田中出現了。她看起來快哭了。

「我的書包不見了。」她說。

書包耶。那麼大的東西怎麼會不見啊……儘管這麼想，書包卻始終找不到。我們快速地搜索一遍教室，確定真的沒見到書包以後，我提議要找班導商量。當時我們是小學六年級的學生，開始有些裝成熟的傢伙排斥凡事找老師，田中倒是很乾脆地這麼做了。

我們三個找了所有能想到的地方。三個？就是我、田中與班導。妳問跟我聊天的朋友上哪去了？不知道耶。

我不記得他們加入搜索行列，大概早就跑了吧。

班導找得很認真。當時我沒還察覺，現在回想起來，他大概在懷疑吧。妳問懷疑什麼？妳也知道吧。妳不知道？原來如此。是霸凌。他懷疑田中被人霸凌，書包才會被藏起來。我也有我的考量，急著想幫她找到書包。

別露出那種表情。就結果來說，田中的書包沒被人藏起來。她在穿堂……妳知道穿堂是什麼嗎？那是叫多用途空間還是廣場？總之學校裡頭有個這樣的地方，田中把書包放在那裡玩耍。結果路過的某個一年級還二年級把書包當成失物，好心地幫她送到職員室。事情就是這麼簡單。然而保管書包的教務主任有事離開，這段期間沒有人知道失物的下落……就只是一連串倒楣的巧合。

坦白說我鬆了一口氣。雖然我跟田中僅是同一個幹部的關係，但我也很擔心要是書包一直沒找到該怎麼辦。

教務主任回來以後，他稀鬆平常地回答我們。「失物有人給妳送過來了。」見到書包的那刻，我們眞的很開心。

教務主任也沒忘記訓話。他說把這麼重要的東西忘在外頭很不可原諒。我自己常常放學後丟下書包玩耍，反而覺得問題出在冒冒失失把書包當成失物的低年級身上。不過我沒說出口。

在短暫的訓話時間裡，田中看起來坐立難安。我了解她的心情。仔細一想，雖然書包找回來了，裡頭的東西卻未必平安。她應該很想盡快確認內容物吧。在這點班導還挺機靈的。他抓準了訓話的空檔插嘴。

「主任說得是，總之妳先點一下裡頭的東西吧。」

要接收書包的時候，田中將平常的文靜全都拋諸腦後，興奮地撲向書包。她焦急地轉開扣子打開書包，從裡頭拿出鉛筆盒。我記得是個很小的筆盒，花樣很樸素。

隨後她在鉛筆盒裡找出一枝自動鉛筆，安心地嘆了一口氣。

「太好了……」

我瞥了一眼，那枝自動鉛筆上印著某個卡通人物，不知道是出自哪部作品。後來她告訴我這是寄雜誌回函抽中的獎品。價格應該不貴，但說貴重也是挺貴重的。在當事人心中這枝筆就是寶物。田中打從心底雀躍不已。

我問田中。

「書包裡的東西都在嗎？」

於是田中握緊了自動鉛筆回答我。

「只要這個還在，現在都不要緊。剩下的我回家再檢查。」

「眞的沒問題嗎？」

「沒問題，謝謝。」

帶自動鉛筆來小學上課當然沒有任何問題。在此之前也沒有人禁止過學生帶印著卡通人物的自動鉛筆。然而田中很倒楣，偏偏被教務主任見到這一幕。

「怎麼可以把重要到不能弄丟的東西帶到學校來！」

主任開始發飆。但想起來眞正不能弄丟的東西應該是課本才對。照他的邏輯來看，只有弄丟也無所謂的東西才能帶到學校……我這是在雞蛋裡挑骨頭了。

後來學校正式下達禁令，不准學生攜帶印著卡通人物的文具。眞是晴天霹靂。筆記本、橡皮擦、墊板……我有好幾項文具都印著人物。學校要學生將這些用品全都換成新的，引發了很大的問題。知道這條禁令來自田中的自動鉛筆的學生，我想只有我與田中她自己吧。

就是這樣。

就連我也因爲這件事受到打擊。我想我開始會把「沒必要的事不做。必要的事盡快做」掛在嘴邊，這件事大概就是最初的原因吧。

4

「……咦？」

千反田定住了。好厲害，她眞的一動也不動。

她似乎在腦海重整故事內容，在原地暫時僵硬了一會。要是戳她一下，她大概會往後仰吧。我心想著這些事繼續打掃。在我長談的期間也掃了不少地，接下來只要用畚箕撈起收集起來的落葉，丟進垃圾袋就完工了。一想到還要再加把勁，我突然覺得好麻煩。

「咦？」

畚箕放在千反田提過來的水桶裡。我踏出腳步想去拿畚箕，千反田又叫了一聲。

「妳在咦什麼啊。」

「這個故事我從頭到尾都聽完了嗎？」

「應該吧。」

「這個結尾是不是怪怪的啊？」

說不定真的有點奇怪。

「折木同學幫田中同學找書包，書包找到了，裡頭有一枝很重要的自動鉛筆，結果折木同學念的小學就查禁了人物周邊，對吧。」

沒錯。我撿起畚箕。

碰。耳邊響起拳頭敲擊掌心的聲音。

「啊，我懂了！」

「是喔。」

「折木同學自己有很多周邊吧。這些周邊被禁讓你大受打擊……奇怪？可是這跟『沒必要的事不做。必要的事盡快做』有關係嗎？」

她搖頭晃腦，猛然想起才又揮動掃把，接著怯生生地開口詢問。

「難道說……你是幫田中同學導致周邊被禁，所以覺得早知道就不幫她了？」

哦哦。我那麼努力卻弄巧成拙，因此決定以後都要無所作爲嗎？聽起來很有道理。

眞是可惜。

「不對。」

「可是……」

「掃地啦。」

「好、好的。」

千反田也即將把自己負責區域掃完了。儘管不算多，腳下仍堆著落葉的小山。

我先把畚箕拿去用，邊集中落葉邊說。

「妳不是老愛從結論說起嗎？偶爾也讓我學學妳吧。」

「折木同學眞是壞心眼。你果然省略了過程。」

「省略！」

這字眼聽起來還是如此甜美。

今天的我的確有點不太對勁。可以直接明說的事情，不知怎地就想用那種迂迴的方式道來。見到困惑的千反田，我再次覺得偶一爲之也不壞。這種打發時間的方法也無傷大雅。拜此所賜，打掃的時間感覺也變短了。

「呃……」

千反田將手指抵著嘴角陷入沉思。總覺得不給提示有點壞心，我說了一句話。

「禁止周邊的事只是後續發展，沒什麼關聯。」

她又圓又大的眼眸仰望著我。

「……你該不會在逗我玩吧？」

「差不多就是那樣。」

「折、折木同學！」

我將收集起來的落葉一一裝進垃圾袋裡。明明掃了那麼寬廣的地，裝進袋子裡的落葉體積卻少得可悲。總覺得我只是在胡亂收集塵埃罷了。

「別生氣嘛。連小學時代的我都馬上發現不對勁了，應該不難看出問題。」

「雖然你這麼說……」她垂下頭來。「折木同學跟我又不一樣。我眞的很缺乏應用能力。到底是爲什麼呢。」

妳自己也知道啊……

這樣顯得好像是我在捉弄千反田。或許是我敘述方式有問題。

「我確實告訴過妳，一開始是我跟田中輪流巡視吧。」

「沒錯。」

千反田探出身子點點頭，表情很認眞。我開始覺得自己好像做了十惡不赦的事。

「接著田中放學後開始不能留校。因此我們值班那周，我每天都要巡視花壇。」

「沒錯。」

接著千反田彷彿想強調自己很專心聽故事似地補充。

「因爲她家要改建，暫時要住在比較遠的地方。通勤要一個小時。」

「問題就出在這裡。」

千反田記憶力很好。她雖然漏了，但應該沒忘記。

「我應該也說過，她是要從哪裡用什麼方式花一小時回家。」

「你的確說過。是從車站搭一小時的公車。」

「這個公車說得更精確一點？」

「是市營巴士。」

「市營巴士要怎麼搭？」

說到這裡，千反田似乎也終於反應過來了。她露出恍然大悟的表情，雙手遮住嘴……掃把則用腋下撐著。眞會應變。

「我、我知道了。田中同學這樣回不了家。因爲田中同學當天穿的衣服沒有口袋。」

「沒錯。」

「搭公車需要準備錢、月票或是回數券。如果她身上沒有，應該會放在書包裡頭。」

我用力點頭。

「說得對。打從一開始，我就覺得田中嘴上說沒搭到公車會很慘才把工作推給我，居然會在放學後留下來玩，弄到書包消失就很奇怪了。即使如此，我仍然解釋成她只待到還等得到公車的時間，才急急忙忙幫她找書包。

誰知道書包物歸原主以後，田中唯一在意的東西，就只有那枝珍貴的周邊自動鉛筆。我特別提醒她看看有沒有別的貴重物品，她卻一副毫無頭緒的樣子。」

「怎麼會這樣？」

都說到這裡了，千反田又腦袋打結了。

不，或許這也不能怪她。當時我也不願意相信。

「我只能推測田中不需要搭公車。」

「……怎麼這樣。」千反田目瞪口呆。

「我想起初並不是這樣。她拜託我幫忙巡視那周，到下一次值班周爲止，可能眞的都是搭公車上下課。但至少事發當天她不用搭公車。比起回家的手段，她更在意周邊文具。這是因爲田中當時已經可以走路回家了。」

「也就是說她家改建完了。她之所以不告訴折木同學這件事……」

「這還用說嗎？」

我頓了一口氣。

「當然是爲了把幹部的工作推給我，自己逍遙啊。」

千反田一邊用畚箕撈起落葉一邊與我對話。

「原來發生過這樣的事。所以折木同學是不想再被人欺騙，才會說『沒必要的事不做。必要的事盡快做』。」

……並不是這樣。

看來果然是我表達的方式有問題。我並沒有這麼想。

後頭的真正原因，說起來並不是什麼愉快的話題。我自己也知道這不是可以隨便說給別人聽的想法。但我都跟千反田說了這麼多，要是她到了最後一部分卻誤解了，我是否還能默不作聲？

這麼一來就變成我在說謊了。雖然不是開心的話題，我還是想講給別人聽。

「不對。」我為話題起頭。「我那天注意到田中沒檢查貴重物品，然後我反射性看了班導的臉。班導說田中因為家裡改建很辛苦，要我幫忙。我想他了解狀況，應該會注意到哪裡不對勁。要是注意到了，田中可能會挨罵……然而班導沒有罵田中。」

千反田一臉不解。「他是不是沒注意到？」

真是這樣還比較好。

「不是的，他的表情相當嚇人。就像是把內心的慌張直接寫在臉上那樣。因此我立刻看出這個人也知道改建早就完工了。」

「……」

「那麼他為什麼不跟我說？他為什麼不通知我們回到原本天天輪班的作法？可能是我想太多吧。說不定他只是單純忘了。可是那天見到他那副表情以後，我開始這麼想……因為我是個會毫無怨言地完成所有要求的孩子。因為我很好使喚，所以見到我被硬塞工作，他也不想幫我。」

我把掃把當成手杖敲了一下，繼續說明。

「當時的我又繼續思考。說起來田中她家改建跟我又有什麼關係？難道我做錯了什麼，因此我有義務要為了田中的苦衷代勞？也沒有。田中的苦衷是她的苦衷，跟我沒有一丁點關係。雖然是這麼說，但田中也是同學，又是同一個幹部。有困難的時候也是彼此彼此嘛。不過是在放學後巡視花壇，又不會花上多少時間。我家離學校近也是事實，就當作是日行一善嘛。

……我發現我就是中了這種想法的魔咒。」

田中這件事只是個開端。

在此之後我發現與我同班的人裡，存在著長袖善舞、很會把麻煩事推給別人的人，以及心甘情願接手麻煩事的人。而我發現從升上六年級以來，應該說從我懂事以來，我通常都是後者。一旦發現這個事實，我就接二連三想起過去許多經驗其實都是同樣的道理。

在宿營的時候，爲什麼人家叫我帶足足有一公升的沉重沾醬？在流感猖獗，學校即將停課的時候，除了我以外還有別人要負責跑好幾個人的家送講義嗎？當所有男生一起玩足壘球打破玻璃窗的時候，班導叫我代表同學去跟校長道歉，難道是因爲我是隊長？不對。是因爲我沒有怨言。

這倒是無所謂。每件事都沒花掉我多少時間。我並不是覺得接下這些任務很吃虧，或是不滿其他人過太爽。

我只是發現自己太好使喚了。

我回想起一件事。

當時我無法按捺向他人提起這個發現的衝動，就告訴了老姊。

——雖然我覺得有困難就該互相幫助，但對方未必會在我遇上困難時出手幫我。我不是想要對方感謝我。但我沒料到自己被耍了。以後我放學再也不會留在學校裡了。只要跟人待在一起，我又要被塞工作了。一定是因爲大家都覺得我是會默默接下差事的笨蛋。我不在乎我笨。可是我不想被占便宜。當然眞的沒辦法的話，我還是會乖乖做事，也不會埋怨。但如果不是，如果是實際上必須由別人來做，我沒有義務要做的事，我再也不會出手了。絕對不會。

姊姊聽完我的一番話，將手放在我的頭上告訴我。

——沒錯。你這個人雖然很笨拙，卻想變得機靈。你雖然很笨，卻在奇怪的地方很敏銳，才會領悟到這麼不舒服的事實。很好啊，不做就不做。我覺得你的想法沒有錯。

接下來那句是什麼？我記得老姊應該還說了一些話。對了，她應該是這麼說的。

——從現在起，你就去休一趟漫長的假期吧。就這麼辦，你要盡量休息。在這段休息期間，內心深處沒有任何改變也不要緊……

「……同學。」

看來我反常地陷入思考之中。我完全沒注意到千反田在呼喚我。

「啊，抱歉。怎麼了？」

千反田就在我眼前，瞪著一雙大眼緊盯著我看。

「折木同學很難過吧。」

我別開臉笑了。

「這又不是什麼大事。只是小孩鬧脾氣，鬧到最後無法回頭罷了。」

我現在已經懶惰成性，沒辦法輕輕鬆鬆撤銷這項信條。沒必要的事，我不做。

斜眼一看，千反田雙手握著掃把。接著她完全沒有移開緊黏著我的視線，說了一段與事實相去甚遠的發言。「可是折木同學，我覺得……故事裡的折木同學與現在的折木同學，其實沒什麼改變。」

我很想將這句話一笑置之。但我做不到。

千反田退開一步，彎下腰來提起裝著落葉的垃圾袋。

「非常感謝你。托你的福，這裡乾淨許多。」

「不會。」

「香穗同學回來以後，一定會爲你準備茶水與點心。要不要休息完再走？」

我面露苦笑搖搖手。饒了我吧，我不想再待在那個女孩子的空間了。

「不用了。給我掃把，我放回原本的地方。」

我接過掃把，用肩膀扛起兩枝掃把。我小心避開千反田轉過身來，隔空對她喊話。

「幫我跟十文字打聲招呼。我要離開了。」

我步下樹影散落一地的階梯。杉葉隨風搖蕩的聲音傳入耳中。久違的晴天似乎還沒有消逝的跡象。回到家時，洗好的衣服應該也乾了。

走到一半，我聽見千反田的聲音。

「折木同學！謝謝你跟我說這些！我很高興！」

扛著沉重的掃把轉頭很吃力，我決定裝作沒聽到。沒必要的事不做。搞什麼鬼，我一整天都不對勁，到了現在才終於恢復平常的狀況啊。我搔搔頭。

於是我突然回想起來，當時老姊把別人的頭搔得亂七八糟，又補了一句話。

——因爲總會有一個人，來爲你結束這段漫長的假期。

遲來的羽翼

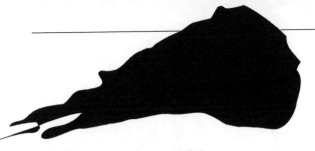

1

漫長的梅雨結束了，弦月照耀的夜空中僅有稀薄的雲朵飄盪。太陽下山後吹進房裡的風仍有暖意，讓人感覺到夏季的來臨。我一邊爲遠方零零星星的民家燈火分心，一邊看著樂譜壓下風琴的按鍵。

大致記下流瀉的音色後，這次我緩緩哼出旋律。在這麼寧靜的夜裡，我哼唱的旋律說不定能傳得很遠。我開始感到不好意思，歌聲也自然逐漸變小。

我將同一首歌唱了一次又一次，好讓耳朵記住曲調。等到音程的正確度幾乎合格了，正當我深深吸口氣，準備接著搭配歌詞重唱一次時，聽見紙門另一端的人在呼喚我。

「愛瑠。」

是我的父親。父親很少在我回房的時候傳喚我，該不會是風琴聲或歌聲太大聲了吧。我戰戰兢兢地回應他。

「是。」

「妳到佛堂來。」

父親的口氣聽起來比平常還沉重，卻不像生氣。我感到安心，同時也更加疑惑到底有什麼事。我們家在談正事時常常會選擇佛堂，但我對父親即將告知的大事毫無頭緒。

「我馬上來。」

腳步聲逐漸遠去。看來今天的試音到此為止。我蓋上風琴的蓋子關上窗戶。

離開房間時，我突然有點遲疑。父親有什麼要事？我突然之間毫無理由地害怕起知道父親的目的。

——我不能像這樣繼續唱歌嗎？

——一直唱同一首歌不好嗎？

連這種想法都從腦海中浮出來了。

這可不行。正式比賽快到了，我似乎變得有點神經兮兮。我嘲笑起自己的恐懼，關上房間的燈。

在沒拉上窗簾的那扇窗另一端，稀薄的雲朵正從月亮前方飄過。

2

歷經期末考後等待暑假的神山高中，被鬆懈的氣氛包圍，地科教室也不例外。但問我古籍研究社平常的氣氛算不算緊繃，我也只能回答：一點也不。只不過這間社辦四人全員到齊，彷彿是很久以前的事了。

地科教室寬敞得足以容下一整個班級，我們隨意霸佔位子。不過彼此之間的距離倒不算遠，我們各自散坐在教室中央附近的幾個位子。

我跟千反田默默讀著書。我讀的是忍者、公主與庶子的故事，突如其來，沒有伏筆的大事件相當緊湊，每章都有人陷入危機，是個精彩的故事。這本書非常適合被考試抽乾的腦袋。千反田在讀什麼我就不知道了。那是一本刊登著豐富照片的大開本書籍，看起來很像旅遊書，但我這裡看不清楚，也沒打算看個清楚。內容似乎不太有趣，千反田面無表情地翻著書頁。

伊原與里志則不斷在Ａ４筆記本上寫字畫圖，討論該怎麼做……不對，我在每章的空檔暫停閱讀偷看他們的時候，主要都是伊原在寫字或說話。她單手握著自動鉛筆，面有難色地喃喃自語。

「是手。果然問題出在手上。」

「手嗎，有道理。」里志贊同地點點頭。

「這個人右手動不了……應該說因爲心理因素不想動，只要把這件事畫出來就變成伏筆了。」

「原來如此，伏筆啊。」

看來他們在策劃漫畫的企劃。

離開漫畫研究會以後，伊原不再對自己在畫漫畫這件事羞於啓齒。或許是因為我跟千反田早就知道伊原在創作了，她發現事到如今沒什麼好害羞的。也可能是退出漫研以後，她心中產生了某種變化。

千反田原本就確定自己將來要繼承家業。如果伊原也下定了決心，我跟里志就顯得很沒出息，眞傷腦筋……不對，我們才是正常人。應該是高中二年級就毫無迷惘決定要繼承家業，還有努力發展自己熱愛技藝的那兩個女生不正常吧。

「找個人問你右手怎麼了就解決了，可是這個場景只有一個人。看著自己手的自嘲太刻意了，該怎麼處理啊……」

「原來如此，只有一個人啊。」原本只是笑盈盈地聆聽的里志，在這裡多說了一句話。「一個人的時候通常會做什麼事？」

「做什麼事喔，我想想……」

伊原看也不看里志，抱著手臂瞪著天花板，最後突然雙眼發光叫了出來。

「原來如此，阿福做得好！沒錯，用不著想得太難，我怎麼會卡在這裡呢？讓角色喝咖啡就好了嘛。角色原本想用右手拿起杯子，下一格卻換成左手。好，這樣很自然。就這麼辦。」

雖然搞不太清楚狀況，點子似乎兜起來了。伊原在線圈筆記本上大大地記下一些文字，特別用力地說了一聲「ＯＫ！」闔上筆記本。

「告一段落了嗎？」

「差不多了。雖然還沒開始畫，但這樣我就能見到大致的完成模樣了。」

「太好了。」接著里志說。「下次討論時先告訴我故事內容吧。」

這麼說來里志根本對故事一無所知，就義無反顧地搭理伊原的自言自語。我真不知道該說他在打馬虎眼，還是該體恤他的辛苦。

伊原大概是卸下重擔放心了，語氣變得有點遲緩。

「說到咖啡，之前發生過一件怪事。」

「什麼事？」

「之前我去霧生的美術社……」

「霧生？怎麼跑這麼遠！」

才說到一半就被里志的提問打斷，不過我懂里志的驚訝。霧生是這座城鎮北邊的地名，從神山高中騎腳踏車過去也要花二十分鐘。從伊原的家出發的話，久一點可能要花上將近一個小時，市區明明應該也有美術社。

「哦，這是因爲，」伊原露出有些疲倦的表情回答。「只有那家店才有以前的網點。

雖然我很少用，還是想買來放。」

「原來是這樣。」

美術社賣的這個網點是什麼東西？想必是畫漫畫時會用上的道具。我也沒興趣繼續偷聽下去，正想回到小說的世界時，看看手表都快要五點了。現在開始讀新的一章，可能讀到一半學校就要關門了。我決定把樂趣保留到回家，便闔上文庫本。伊原大概靠眼角餘光捕捉到了我的動作，對著我說。

「啊，折木也聽我說嘛。」

「我聽得到。」

「是喔？然後我買東西買到一半覺得很渴，想說慶祝考試考完，就進了附近的咖啡店。店家說招牌是咖啡我就點了，結果味道很奇怪。那咖啡到底是怎麼一回事啊？」

里志竊笑。

「摩耶花居然去咖啡店喝咖啡，好像奉太郎。」

伊原忿忿不平地鼓起臉頰。

「我這是在取材。剛才我不也因此想出了辦法嗎？」

「好好好，妳說得是。那麼，怪味是什麼味道？」

獲得里志認證眞令我我誠惶誠恐，不過我的確偶爾會上咖啡店。雖然我還沒喝到可以嚐出滋味差異，但多少喝得出咖啡的好壞。但我實在無法想像有怪味的咖啡怎麼一回事。

伊原在臉前方擺擺手。

「順便一提，有怪味的是砂糖。」

我越來越摸不著頭緒。砂糖會有的味道當然就只有甜味。里志也歪起了頭，又隨即露出笑容。

「我知道了，喝起來是鹹的。」

「……阿福，你是認眞的嗎？」

「我是想爲話題增加一點樂趣。」

伊原瞪了那張大言不慚的笑容一陣子，不久後輕輕嘆了一口氣。「不是，是甜的。」

我跟里志不約而同出聲。「這很正常吧。」

碰的一聲，伊原一拳捶在桌子上。「就是不正常我才會跟你們說吧！」

您說得是。

伊原怒目相對，確認完我們都乖乖閉上嘴以後繼續說道。

「那不是正常的甜法，而是非常非常甜。我只在罐裝咖啡中喝過那麼甜的咖啡，有點吃驚。」

「只是單純加太多糖了吧？」

聽見我這麼說，伊原向我輕輕頷首，彷彿爲說明不周道歉。

「一開始我點了咖啡與蛋糕的套餐。蛋糕是檸檬蛋糕，我覺得沒有特別甜。店員問我牛奶與糖，我就請他加了。店員送來的咖啡一開始就加了牛奶，托盤上配了兩顆方糖。我喝了一口覺得還好，加了一顆方糖喝了以後……簡直甜得要命。」

里志一本正經點點頭。

「原來是加方糖。如果是從糖罐拿湯匙加進咖啡，就有可能是不小心加太多了。」

「是啊。怎麼才加了一顆方糖就那麼甜，我都懷疑是不是自己的味覺有問題了。所以之後我特別留心，但其他食物都跟平常沒兩樣。」

里志架起手臂歪著頭。

「嗯哼。甜得要命的糖啊。」

「很奇怪吧。」

「是啊。但也不是超乎想像的事。」

「眞的嗎？」

伊原探出身子。里志鄭重其事地點點頭。

「甜味劑裡頭還有比砂糖甜了上百倍、上千倍的東西。要是用加砂糖的量去加這些甜味劑，就會甜得不可收拾。」

「唔……」伊原沉吟完以後，小心翼翼地開口。「咖啡的確是非常甜，但最多就是跟我剛才形容的罐裝咖啡差不多，還不至於難以下嚥。再說阿福知道有哪家店會把甜味劑做成方糖的形狀嗎？」

「不……我不知道。應該也沒有這種店。」

那你剛才跟伊原講那些話的意義何在？

「不過說不定真的有甜味比較強烈的砂糖。像是精製過程不一樣，或者是原料不一樣。」里志鬆開雙手，頭轉向千反田的方向。「千反田同學，妳知道嗎？」

「咦？」茫然地讀著書的千反田驚呼一聲，一下子抬起了臉龐。「請、請問你是指什麼事？」

我們聊天的音量很大，但她似乎一個字也沒聽進去。里志爽朗地解釋。

「摩耶花說她去咖啡店的時候，店家給她非常甜的方糖。我們猜想說不定是原料是比一般砂糖還來得甜的特殊品種。感覺千反田同學應該會知道這種品種。」

「啊……原來是這樣啊。」

千反田闔上手邊的書露出微笑，但我忽然覺得她的表情不太對勁。千反田本來是個表情內斂的人。她不會放聲大笑，也不會勃然大怒。但撇開這一點，剛才的微笑看起來也生硬得像是假笑。

千反田沉穩地回答。「真是抱歉，我並不曉得。我家沒種甘蔗跟甜菜……」

「這樣啊。會不會哪天就種了？」

千反田一聽到這句話，便微微垂下眼。「……抱歉，我也不知道。」

「這樣啊。不好意思，問了奇怪的問題。那個甜過頭的糖到底是怎麼回事啊？這問題意外地難解。我有點在意。」

「是啊。到底是怎麼一回事呢。」

千反田的回應語氣依舊心不在焉，似乎無意加入話題。

伊原對我使了個眼色。我想應該是在說：小千是不是不太好？你有頭緒嗎？我搖搖頭向她示意：我不知道。

里志彷彿是想化解話題中斷的尷尬，轉過身來對著我詢問。

「奉太郎你覺得呢？難道說眞的是糖特別甜？」

在旁聽著伊原的故事，我心裡也有些想法。要是沒有人問，我沒必要自己開口；但要是有人問起，我也沒必要保持沉默。

「我覺得這件事應該沒那麼難解。」我回應。

「咦，眞的嗎？」

里志目瞪口呆，而伊原則是很不滿。

「爲什麼？那方糖看起來就是普通的方糖耶。」

「妳都這麼說了，應該就是普通的方糖吧。」

「所以我的味覺果然出了問題嗎？」

「不是吧？」我抓抓頭。「剛才妳自己也說過，店裡的人把咖啡端過來的時候，咖啡長什麼樣子。」

里志立刻作答。「摩耶花說托盤上還放著兩顆方糖對吧。」

「沒錯。但我不是在說糖。」

伊原與里志兩人表情凝重地陷入沉默。我悄悄看了一眼千反田，她似乎也在聆聽，然而在半路加入話題的她好像不懂問題出在哪裡，一臉茫然。

「伊原，妳點餐的時候，店員問了妳什麼？」

「就問牛奶與糖啊。」

「他眞的是這樣講的嗎？」

伊原低著頭默不作聲，在記憶中尋思，不久後卻搖搖頭。

「我記不得了。」

「我這問法太刁鑽了。抱歉，一般人都不會記得吧。我猜他可能是說『要不要加牛奶與砂糖』吧。」

里志還沒反應過來，一臉狐疑地詢問。

「聽起來是很正常的問法，奇怪在哪裡？」

「這句話當然不奇怪……但伊原剛才不是說，咖啡裡頭一開始就加了牛奶嗎？」

伊原彷彿當頭棒喝，直直眨著眼。

「沒錯，的確是這樣。」

「好了，就是這麼一回事。」

里志浮誇地擺手。「奉太郎！什麼『就是這麼一回事』啊。你可以不要話說到一半突然發揮你的座右銘嗎。」

我才沒有這個意思……不，我可能有吧。我還以爲結論可以直接省略了。

深鎖眉頭若有所思的伊原喃喃道。

「我好像知道折木想說什麼了。你的意思是我告訴店員我要『牛奶與糖』的咖啡既然一開始就加了牛奶，那應該也加了糖？」

我點頭同意。

「可是我喝了一口就覺得苦才會加方糖。要是一開始就加了糖，我應該不覺得苦。」

「是啊。對了，妳加了方糖以後做了什麼事？」

「喝咖啡。」

「不對，在此之前呢。」

「吃了檸檬蛋糕。」

「我不是這個意思。」

至今只聽不說的千反田怯生生地加入話題。

「我想……折木同學是不是想問妳攪拌了嗎？」

聽到這句話，里志叫了出來。「原來如此！」他面對伊原滿懷自信地解釋。「沒錯。摩耶花喝的咖啡一開始就加了糖。但是糖都沉在底下，因此感覺不到甜味。這時候加了方糖再攪拌……」

伊原也發出哀號。「原來是這樣。咖啡一下就變成加了兩顆方糖的甜度了。」

「沒錯，看來就是這麼一回事。這一定是正確解答。」說完里志心滿意足地點點頭，對我露出笑容。「好個安樂椅偵探啊。」

我也沒說出令人讚嘆的觀點吧……不過或許對當事人伊原來說，是個意外的盲點。

「嗯……雖然好像真是這樣沒錯，」另一方面，伊原遲疑地說。「但我的記憶很模糊，也沒辦法斷言絕對就是這麼一回事。我有點想再去那家店確認一次。」

既然那家咖啡店旁的美術社是伊原愛店，總還有機會拜訪。無論如何，現在也無法繼續深究。差不多該回家了，我準備將文庫本收進書包。

此時里志冷不防開口。「那我們去確認看看吧。」

里志要跟伊原兩個人一起造訪啊？正當我還覺得里志眞辛苦的時候，他又接著說。

「也該來討論社刊要怎麼辦了。」

「對耶，差不多了……」

「是吧？」

文化祭的籌備會議當然用不著特地跑去郊區，在學校也能召開。不過在咖啡店開會順便比對甜砂糖之謎，聽起來也挺風雅的。我並沒有強烈反對。

只不過牆上的時鐘指著五點四十分。「現在去太晚了吧。」

「說得也是。那就明天……不對，明天我還有委員會的工作，不方便去。」

明天是第一學期的結業式。里志這個總務委員想必要處理一些雜務。

「後天可以嗎？」

我是無所謂，不過暑假第一天就要開會也太勤勞了。伊原似乎也沒有意見，就在我以爲日期就這麼定下來的那刻，千反田小聲囁嚅道。

「對不起，後天我有行程了。」

伊原愣了一下。「啊，是喔。也對。」

我跟里志不發一語，但看上去大概充滿疑問吧。伊原告訴我們。

「小千要參加合唱祭。」

「原來如此，那就不方便了吧。」

里志服氣地點點頭，我卻搞不清楚狀況。這間學校以文化祭爲首的各種活動都特別豐富，唯獨這個合唱祭我從沒聽說過。

「暑假還有這種活動？是在體育館舉辦嗎？」

我被回以兩人份的冰冷眼色。

「怎麼可能。」

「那可是市政府主辦的活動耶。」

原來不是學校的活動。說得也是，我再怎麼對精神飽滿的學生置之不顧，也不可能連活動本身都沒聽過……幸好不是。

「爲了紀念神山市出身的作詞家江嶋椙堂，每年這個時期都會舉辦江嶋合唱祭。不只是神山市內團體，周遭城鎮的合唱團也會來參賽。除了椙堂的歌以外，還會唱很多別的合唱曲。」

「沒聽過這個人。」

說起這種事，就是里志表現的時間了。他本人似乎也有所自覺，挺起了胸膛。

「他是大正時代在兒童雜誌《紅蠟燭》活躍的童謠作詞家，與北原白秋、西條八十、野口雨情並稱為童謠四天王。」

最後的童謠四天王保證是里志瞎掰的。

「小千曾經邀我練習過一次，但我現在想畫漫畫。」

伊原略帶歉意地說道。這句話雖然是在向我說明，卻是講給千反田聽的，不過千反田好像沒注意到，她什麼都沒說。

古籍研究社自不待言也是神山高中社團的一員，就讀同一學年卻分處不同班級的我們，除了社團以外幾乎沒有關聯。提起大家在校外有什麼活動，我是無從得知，也不覺得有必要了解。正因如此，千反田與伊原一起參加合唱讓我有點驚訝。

里志將手在後腦杓合抱。

「嗯——那我們之後再決定開會時間吧。用電話通知應該沒問題吧。」

里志的口吻雖然若無其事，卻也表明自己會負責聯絡大家。我很尊敬里志的勤奮，以及他從不流露自己比別人付出更多的態度。

「好的，沒問題。」

千反田這麼回答，感覺今天的社團應該就到此為止了。到了夏天這個時期，白天很長。將近六點，太陽卻絲毫沒要下山的意思，我還是將小說收進書包，從座位起身。

「那我差不多該走了。」

「哦，再見了。」

我不是故意要偷看，不過走出社辦時，我正好瞥見千反田在讀的書。如果不是我搞錯了，那應該是本關於生涯規劃的書。

3

暑假第一天，我做了涼麵。

大概是上午的天空陰沉得彷彿隨時會下雨，到了中午卻也一反盛夏時節有些涼爽，實在不是適合涼麵的日子。我之所以沒改變菜色，是因爲涼麵的保存期限到今天截止。

我目測分量抓了一些醋、醬油、砂糖、麻油與味醂混合，現做醬汁。我將麵煮熟，再丟進冷水收縮。配料則加了番茄、火腿，以及一不注意就燒焦的蛋皮。我將番茄切片，火腿與蛋皮切絲。擺盤無關緊要，我將麵的水分瀝乾裝進盤子，一把抓起配料撒在上頭。最後我將醬汁快速淋在上頭，麵便大功告成。我還順帶在盤子一旁加了辣椒。

我從廚房把盤子端到起居室，拿出筷子與麥茶準備用餐。在我合掌夾著筷子即將開動時，電話就響起了。

我暫時不管持續作響的鈴聲，看了一下壁掛時鐘。我原本還覺得對方在用餐時間打來很沒禮貌，然而現在已經下午兩點半了。下午晒得到太陽，我拿出洗潔衣物來晒，因此耽誤了吃飯時間。這下可不能怪來電的人缺乏常識。隨後我默默凝視著涼麵……只能慶幸這種麵不會泡脹。我緩緩起身接起話筒。

「喂。」

我接聽第一聲聽起來不太高興，也是不得已。

「您好，我姓伊原，請問這裡是折木同學的家嗎？」

我真想回答她不是，然而她的聲音聽起來很緊張，不是開玩笑的時候。

「是伊原啊。」

「啊，是折木你啊。太好了，你剛剛聲音怎麼那麼低。」

「我正準備要吃午餐。」

「是喔。對不起，那掰了……」

伊原會打電話給我，一定有什麼要緊的事。我只能暫時拋下涼麵不顧了。

「沒關係，怎麼了。」

「我問你，」她的遲疑都透過電話傳到我這裡了。過了一會，她向我詢問。「你知道小千可能上哪去嗎？」

我換一隻手握住話筒。

「……爲什麼要問我？」

伊原回答的聲音有點冷峻。

「我問了想得到的所有人，你是最後一個。」

「原來如此。」

我很想問伊原到底發生了什麼事，但我也自然而然感覺到伊原現在急迫無比，因此決定之後再問。

「首先就是學校吧。」

「是。」

「然後是市立圖書館、鏑矢中學旁的那家，該怎麼說呢？就是之前跟大日向去過的咖啡店。還有一家搬家了，這家也是咖啡店，店名叫鳳梨三明治。」

我舉出腦中想得到的千反田去過的地方。不過先不論圖書館，仔細想想千反田是否眞的會一個人進咖啡店，我自己都覺得可能性不高。

「我知道了，謝謝。我倒是沒想到圖書館。學校那邊因爲阿福過去辦事，我請他幫忙看過，但他說沒見到小千的鞋子。」

「是喔。怎麼了？」一出口我就想起來。「今天不是合唱祭？千反田沒到場嗎？」

「沒錯。」

所以伊原才這麼慌張啊。

「我們預定在六點上台所以還有時間，但小千沒出現。」

一聽到六點，我感到全身脫力。

「她睡過頭了吧。」

「她又不是你。」

「我就算會遲到也不會睡過頭好嗎。不，我怎樣才不重要，她會不會是準備花了太多時間？」

她回應我的聲音聽起來很沒耐心。

「不是。有位老太太跟小千一起從她家陣出那裡搭公車來文化會館。」

看來合唱祭的會場是市立文化會館。從我家騎腳踏車過去只要十分鐘。

「所以她到了文化會館才消失的嗎？妳打電話都打到我這裡了，想必也在會館裡面找過吧。」

「找了好久。到處都見不到她的蹤影。」

我再次將話筒換手。

「……我該嚴肅看待這件事嗎？」

「我也不知道。感覺她應該馬上就會回來，但合唱團的人很擔心，叫我去跟認識的人打聽。」

「為什麼妳到現在還會在那裡出現啊？」

「我好像跟你提過，我參加過他們的練習。我想至少當天來幫個忙就來了。」

「原來如此。總之她沒來我家。」

伊原似乎失去了平常心，我原本想緩和她的情緒才跟她開開玩笑，沒想到她冷冷地回應我。

「我也不覺得她會去。」

「您說得是。」

「……唔，不過還是謝了。我掛電話了。」

「掰。」

電話掛斷了。我放下話筒回到涼麵前。

涼麵有一般湯麵所沒有的莫大優勢。

就是不需要擔心被燙傷，只要有心就能在短時間吃完。

神山市民文化會館外牆貼著猶如紅磚的磁磚，共有四層樓，是一棟具備大小廳堂各一的完備設施。我不知道容納人數有多少，根據告示牌，大廳可容納一千兩百人，小廳則是四百人。鋪著黑色大理石地磚的樓中樓迎賓大廳裡架著「江嶋合唱祭」的立牌，許多人在裡頭走動。

合唱祭從兩點正式開始。四小時後才輪到千反田上場，可見參加的合唱團相當多。也可能是活動分爲午場與晚場。立牌沒針對這部分詳細說明。

我來到服務台，詢問身穿水藍色制服的服務人員。「不好意思。」

服務人員是女性，對一臉學生樣的我也很親切。

「您好，請問您需要什麼？」

此時我猛然驚覺自己不知道千反田加入的合唱團團名。我還想說去那團的休息室就可以跟伊原碰頭，這下根本無從問起。

「先生……」

「啊，抱歉。」

我稍事思考，精心選擇提問的方式。

有了，其實也用不著煩惱嘛。

「可以請教六點表演的合唱團休息室在哪裡嗎？」

服務人員嫣然一笑，翻了幾頁手邊的資料夾。

「六點開始表演的話，就是神山混聲合唱團了。他們在二樓A7休息室。」

團名比我想像得還直白。我向她道謝上了二樓。

我馬上就找到目的地A7休息室。從走廊並排的門間距來看，應該是一間高達五坪以上的寬敞休息室。近乎白色的灰色門扉是鐵製的，貼著一張用透明膠帶黏住的影印紙，上頭用醜陋的字跡寫著「神山混聲合唱團休息室」。我怕敲這扇鐵門會發出銅鑼般的巨響，便直接推開了門。

開門以後，裡頭的人反應很快，立刻看向我這邊。是伊原。她發現進來的人是我，驚訝地瞪大了雙眼。

「嗨。」

我揮舞單手問候後進入室內。

一踏進裡頭，我的腳就被門旁邊的傘架勾住了。傘架不太穩定，我的動作明明不算大，傘架卻應聲倒下，裡頭的傘滾到鋪著地毯的地板上。

「哎唷喂呀。」

「你突然耍什麼寶啊！」

我原本想以意想不到的援軍身分瀟灑登場，誰知道第一步就出糗了。坐在一旁折疊椅上略爲年長的女士驚呼幾聲，正要從椅子上起身。看來那把傘是她的。

「對不起。」

我一邊道歉一邊扶起傘架，把傘插回去。我的手被弄溼了，趕緊拿出口袋裡的手帕快速擦乾。

「不，我才不好意思呢。」

老太太只說了這句話，就坐回原位。她身穿宛如喪服的黑色外套與黑裙子，挺直腰桿端坐的模樣令人印象深刻。

A7休息室一如在走廊目測時地寬廣，裡頭物品不多，看起來更是空曠。除了地上放著大約十把左右的折疊椅以外，只有靠走廊的牆壁放著幾張桌子。桌子現在是置物處，堆放著包包。其他牆壁上靠著一些收起來的折疊椅。離上場還有時間，房間裡只有伊原與老太太兩個人。伊原快步接近我。她似乎已將傘架的失態拋諸腦後，劈頭就說；

「你來啦。謝謝。」

雖然伊原透過電話找我商量，主動栽進校外發生的問題還是很多管閒事。不過明知好鄰居有難還悠悠哉哉地吃著涼麵實在缺乏人情味，我才跑了這一趟，被伊原感謝也怪不好意思的。我無意識地將視線別開伊原，環視休息室。

「千反田好像還沒來啊。」

「對。而且小千也沒手機……」

「理論上她應該什麼時候抵達？」說完後我看一下自己手表。再一下就三點半了。

「一點半。」

「……還眞早進場啊。」

「在兩點開幕的時候，合唱團的那些代表要上台問好。小千原本預定當時要上台。」

「所以那是揭幕典禮囉。也就是說重點還是六點那場。其他的團員都到了嗎？」

「預定中午要來的人都來了，現在在廳內聽其他合唱團唱歌。在這之後傍晚才要會合的人應該會從五點半開始分別過來集合。」

這麼說來千反田要是在五點以後才過來，也不會影響到合唱，可以先鬆一口氣了。只是一度來到會場的千反田竟然會無聲無息地失去蹤影，這件事非同小可。

我有點苦惱是否該將想法說出口，但見到伊原異常憂心，決定還是開口詢問。

「千反田非得出席嗎？」

「什麼意思？」

「合唱不就是一堆人一起唱歌嗎？她能出席當然是最好，可是少一個人應該也不要緊吧？」

伊原搖頭。「不行。」

「爲什麼？難道千反田的親戚來看她？」

「說不定眞的來了，但與這個無關……是小千要負責獨唱。」

我仰望天花板。大事不妙。

我並不知道他們要唱什麼歌，但獨唱是重頭戲，歌手下落不明可不是鬧著玩的。伊原應該純粹是爲千反田的安危擔憂，可是其他合唱團團員大概正爲自己是否能安然登台感到坐立難安吧。

我調整心情，提出問題。「妳連絡大家以後，還收集到什麼情報？」

伊原手中握著掌心大小的記事本，她邊翻面邊回答我。

「她沒去十文字同學那裡。除了學校以外，她還告訴我小千不在城址公園與光文堂書店。入須學姊則找過一家叫伯耆屋的服飾店，還有荒楠神社。」

我抓抓頭。

「我不清楚伯耆屋在哪裡，但後者很遠耶。既然千反田是搭公車過來的，她應該是徒步離開。妳說的這些地方都是無法靠徒步過去的地點。」

「我想說走快一點應該走得到，果然還是太勉強了嗎？」

「車站在徒步範圍內，要是在站前的轉運站換搭別線的公車，還說得過去。」

「她會做這種事嗎？」

不會吧……如果是在正常狀況下。

我有個基本的疑問。

「我說，千反田眞的是出於自願跑去別的地方嗎？還是說，這我有點難以啓齒，她會不會出了什麼意外？」

「這……」伊原的回應細若蚊鳴。「你問我，我問誰？我怎麼會知道。」

也是。我搔起頭來。

門把卡鏘一聲轉了起來，休息室的門開了。我與伊原轉頭望向門扉，但門後的人不是千反田，而是一名年約四十的女士。她穿著米白色的外套，頭戴不知是寶石還是玻璃的閃耀髮飾。應該是合唱團的成員。

「段林小姐。」伊原呼喚了她的名字。

名叫段林的女士神情緊繃走向我們，開口詢問。

「來了嗎？」

「還沒。」

「這樣啊。眞傷腦筋。」她皺起眉頭呢喃，突然注意到我，跟伊原問起。

「這位是？」

「啊，他是跟我同社團的折木同學，來幫忙找人……」

正當我覺得被這傢伙叫折木同學眞噁心的時候，伊原轉過頭來朝我打量。

「我這樣說沒錯吧。」

就算現在是暑假，我也不可能來這裡玩。我點頭後，段林小姐冷不防提問。「你有頭緒嗎？」

我不知所措地回答。「目前還沒有。」

段林小姐深深嘆了一口氣，深到感覺很刻意。

「這樣啊……」

隨後她表情與語氣都透出煩躁，批評起千反田來。

「我是覺得她好像壓力很大，之前就特別留心。但沒想到她會在當天鬧失蹤，我眞是不敢相信。」

「或許她只是出去調適心情吧？」

「那也該找個人告知一聲啊。再怎麼緊張，也不能突然失蹤，完全聯絡不上！」

我一方面覺得既然六點才要上台，用不著這麼大發雷霆；卻又覺得負責獨唱的歌手在當天不知去向，會慌張也是合情合理。

但我不敢苟同她推測千反田是出於壓力才鬧失蹤。我不是覺得那傢伙不會緊張，之前她上校內廣播的時候，整個人都很生硬。然而一直以來她再怎麼緊張，仍會妥善處理好份內事，我很難想像她唯獨這次承受不住壓力。就算千反田是自願消失，應該也不是獨唱的壓力所致。

「我還是聯絡看看她家吧。」段林小姐掩著嘴角自言自語。此時坐在鐵椅上的老太太從旁插嘴。

「用不著這麼擔心，我看她馬上就會到了。」

「雖然橫手大姊妳這麼說，但我還是擔心得不得了。」

段林小姐不肯退讓，豈知名叫橫手的老太太仍維持一貫的沉穩。

「年輕人有很多煩惱，好在我們還有時間，再等一個小時我想也不為過。」

「妳又這麼說。剛才妳也要我等一個小時。」

「哎呀，我還眞的說過呢。」

由於橫手女士的態度太過平穩，段林小姐似乎覺得臉紅脖子粗的自己很丟臉，別開了視線。

「……妳說得對，還有時間。我知道了，再等一下吧。」

說完後她連瞧也不瞧我跟伊原，兩三步離開休息室。看著門碰地一聲關上，我感到有點錯愕，向伊原詢問。

「所以剛才那個人是誰？」

「她是段林小姐，是合唱團的……該怎麼說？負責打理的人？」

「這是團長的意思嗎？」

「她不是領唱者也不是團長，但就是負責管事的。」

我總覺得我弄清楚了。偶爾就是會碰上這種人。

「她說『剛才也』，所以她一直呈現那種狀況嗎？」

伊原皺起眉頭說了短短一句話。「對。一直都是。」

我悄悄看向橫手女士。既然其他團員都去了表演廳，她孤孤單單地在休息室獨自坐在折疊椅上，感覺別有用意，或是別有頭緒。我決定問問看。

「伊原啊，妳不是說有位老太太跟千反田一起從陣出搭公車過來？莫非就是她？」

「沒錯，就是橫手女士。」

果然是這樣。陣出很大不能一概而論，但她與千反田相鄰而居的可能性很大，說不定本來就認識。也難怪橫手女士會出言袒護千反田。

伊原似乎坐不住了，轉身就要離開。「我再去館內找一下。」

「我等下也去找。」

「麻煩你了。」

伊原匆匆離開房間，休息室只剩下我與橫手女士兩人。

既然千反田到了文化會館才失去蹤影，相關人士裡頭最後一個見到千反田的，應該就是她了。我也可以自己到處找人，但現在我對千反田的行蹤還沒有個底。我還是盡可能先問話吧。

「不好意思。」

聽見我的聲音，橫手女士維持著雙手貼在大腿上的動作，微微歪起頭。

「怎麼了？」

「我聽說您跟千反田……同學一起搭公車過來。我想找到千反田同學，可以跟您請教她當時的樣子嗎？」

「哎呀，是你啊。」橫手女士沒有直接回答疑問，見到我的臉突然笑了。「我還想說是不是在哪裡見過你，你就是在今年眞人雛偶祭扮演雛偶的小哥嘛。你當時很帥喔。」

……原來她見過我。橫手女士既然住在陣出，看過那場祭典也很自然。總之，她認得我的臉正合我意。

「眞是謝謝您。那麼，千反田當時狀況如何？」

聽見我的催促，橫手女士低吟一聲陷入思考。不久後她開始娓娓道來。

「我在陣出的公車站一個人等車。千反田家開車載他家千金過來，還特地打開車窗，請我照顧他家女兒。」

橫手女士口中的「千反田家」，不知道載千反田來的是父親還是母親。目前似乎沒必要確認這件事。

「千反田小姐下了車，我們彼此打過招呼，接著兩個人撐著傘等公車。」

我有點在意，既然都開車送到公車站了，怎麼不乾脆直接送到文化會館？不過單純考慮可能的情況，或許是時間只夠送千反田到公車站，或是要往別的方向辦事。

我還沒問尋人時最該掌握的基本資訊。

「您記得千反田……同學的打扮嗎？」

橫手女士又低吟了一聲。

「我們的舞台服裝是同一套外套。所以千反田小姐穿著白色襯衫，裙子則是黑色的。鞋子也是黑的，襪子是白的。她帶著奶油色的包包，對了，傘是茜紅色的。我當時還讚嘆她的私人物品可眞別緻呢。」

既然合唱團員要穿同一套服裝上台，剛才段林小姐怎麼會穿米白色的外套？她大概要在上場之前換衣服吧。

總之千反田除了隨身物品以外，全身都是黑白色調。在文化會館裡頭就算了，在外面應該相當醒目吧。

「兩位是一起搭上公車的吧？」

「沒錯，兩個人一起。」

「公車幾點來？」

「一點整來。」

「幾點到達這裡？」

「差不多一點半吧。」

千反田既然預定一點半要來到這裡，搭上這班公車正好是最後一班。再早一點出發會撞到午餐時間，早到也沒有意義，行程聽起來很合理。

「千反田在文化會館的公車站也下了車吧。」

「沒錯。」橫手女士點頭，又補充了一句話。「她跟我一起來到這間休息室，但我一回過神來她就不見了。」

與她一起過來的人都不見了，橫手女士卻不動如山，只是鎮定地等待著千反田。

「您對千反田可能的去向，有沒有什麼頭緒？」

我在最後這麼詢問，橫手女士露出沉穩的微笑。

「應該是去吹吹風讓心情平靜下來吧。我並不擔心她。」

4

一出休息室，就聽到遠遠傳來迎賓大廳的嘈雜。在走廊前方，我見到伊原正好要回到休息室。

若伊原剛才是在館內滴水不漏地搜索，經過的時間也太短了。她大概是有事才回來的吧。伊原見到站在休息室前的我，微微皺起眉頭。

「你怎麼還在這裡？」她不等我回應就繼續說下去。「但你來得正好。阿福打電話過來，說他正要離開學校，問我們能幫什麼忙。我先跟他說我要去問折木，才會折回來。」

好個不可多得的提議。里志很細心，能請他協助調查令人安心。

「我想想……」

請里志確認剛才提到的圖書館或城址公園也不錯。但坦白說這幾條線索沒什麼希望。我確認手表，現在快四點了。我開始爲剩餘時間感到擔心，此時不應該浪費貴重的人手。

我隱約有點在意一件事。雖然思緒還沒清晰到能夠以言語解釋，比起賭上比紙還薄弱的可能性在神山市內瞎晃，請里志幫忙追查我這件掛心事還比較可能有所進展。

「叫他去車站。」

「神山站？」伊原狂亂大叫。「你想叫他去那裡做什麼啊？」

用不著這麼激動，我又不是要叫里志搭車出遠門。

「與其說車站，應該說我想請他去跟車站並設的轉運站。叫他幫我在轉運站拿路線圖與通往陣出的公車時刻表。」

伊原張開了嘴，似乎有所欲言，大概是希望我說明爲什麼需要這些東西。不過她隨後又改變想法，板回一張臉把話吞回。

「路線圖與時刻表對吧。」她點頭確認。「那你要怎麼跟他拿？」

「我在入口等他。雖然人很多，應該沒問題。」

「好。」伊原邊說邊拿出手機。似乎撥通幾秒後里志就接聽了，伊原跟電話另一端一五一十轉達我的需求。

不久後對話結束，伊原握著手機向我傳達。

「阿福說他十五分鐘以後到。」

光是從神山高中直接過來，大概就要十五分鐘了。里志還要順便去一趟車站，我實在不覺得十五分內他就能抵達。他大概是想表達自己會盡快趕到，但要是害他出了意外，我可會過意不去。

「幫我傳一封訊息，要他不要勉強。」

「好，沒問題。」

「妳接下來要怎麼辦？」

「我找到一半就回來了，想再搜一次館內。要是這樣還找不到，我就到附近的公園看看吧。你行動時不用在意我。」

我也只能不在意。畢竟我沒有手機，沒辦法跟伊原互相配合行動。

「好，那之後見。」

我留下開始傳訊的伊原，動身前往一樓。

江嶋合唱祭雖然是兩點開始，迎賓大廳仍有很多人。許多合唱團都前來參賽，大概不少人是在親朋好友登台的時間才抵達會館。因此總是會有新的一批人來到這裡。

我站在鋪著黑色大理石地板的迎賓大廳中央，姑且還是環視四周尋找千反田的身影。據說千反田穿著白襯衫配黑裙。有好幾個人都作這種打扮，卻沒見到神似千反田的人。不過要是她真的在這裡，大概不用擔心，她也會自己回到休息室吧。

現在才注意到，服務台堆著江嶋合唱祭的手冊。我想可以在等待里志的期間打發時間，就拿了一本。我站在風除室正對面，大大寫著「江嶋合唱祭」的招牌底下、最醒目的位置張開手冊閱讀。

手冊是奶油色的，選用了觸感細膩的紙張。上頭記載江嶋合唱祭的開始時刻是下午兩點，卻沒寫上結束時間，大概是考慮到可能因爲意外狀況而延長或縮短。我想觀眾很難安排晚餐，應該很頭大吧。

介紹參加合唱團的文字很小，紙面幾乎都被江嶋椙堂寫的歌詞覆蓋了。在里志告訴我前我根本不知道江嶋椙堂這個人，他好像是很久以前的人，歌詞充滿文言文。手冊上也註記了各合唱團的選唱歌曲，我尋找起千反田的神山混聲合唱團的曲目。

「……這個嗎。」

她們唱的曲目叫〈放生之月〉。怎麼沒人警告我有首歌跟瀧廉太郎（註）的歌很像。

等待里志的時間，我讀起了歌詞。

放生之月

誠哉美聲　籠中鳥
放生雖屬　一功德
浮生若夢　眾無常
嗚呼　吾人何嘗　不曾想望
自由天空　寄吾生
且將解放　籠中鳥
誠哉美兮　缸中魚
放生雖屬　一功德

浮生若夢　眾無常
嗚呼　吾人何嘗　不曾想望
自由大海　絕吾命
且將解放　缸中魚

很遺憾我缺乏詩的慧根。撇開這首歌到底寫得好不好，至少我知道她們唱的曲子大概長這樣了。還有一首曲子，手冊上只寫了曲名。不過那是一首知名流行歌，連我都聽過。是一首規勸大家相親相愛的歌。

「……看不懂。」

我將手冊捲成筒狀拿在右手，碰碰碰地打著左手掌心。在我以空虛的聲響演奏出節奏時，視線無所事事地盯著連接室外與迎賓大廳的風除室。

透過玻璃門見到的戶外天空，雲霧已消失無蹤，曝晒在強烈的強光底下。有名撐著洋傘的年長女士擦著汗進入，突然露出微笑。我很疑惑她怎麼了，不過想必是爲涼爽的空調

註：日本明治時代的作曲家，西洋音樂黎明期的代表音樂家之一。知名作品〈荒城之月〉的日文讀音與故事中〈放生之月〉讀音相近。

感到開心。看上去挑高了三層樓的樓中樓迎賓大廳裡頭空調的循環效果很差，現在感覺冷氣也不怎麼涼爽，但還是比外頭來得舒適。

「唔？」

我的雙眼不經意追逐起那位年長女士。

她身穿黑裙配白襯衫，套著深藍色外套並且揹著小小的肩背包。黑裙配白襯衫的搭配與千反田相同，我猜想她應該不是觀眾而是合唱團員。雖然我也不確定自己是否猜對了，但我就是莫名在意她。

裙子、襯衫、外套、肩背包、陽傘。空調與笑容。

「啊！」原來如此。「是陽傘。」

這間文化會館的風除室擺放了密密麻麻的傘架。風除室大概無法容納最多一千六百人份的傘，因此在迎賓大廳的牆邊也設置了傘架。但那位老太太卻拿著陽傘走上階梯。

我突然有個想法，便走向服務台。剛才同一位親切女子問我。

「請問您在找些什麼嗎？」

「不好意思……我想請教一件無關緊要的事。」

「您儘管問。」

用不著對我這左看右看都只是一介小高中生的人，用上「您儘管問」這麼恭謹的口吻吧。我心想這工作還眞辛苦，開口詢問。

「請問要在活動出場的合唱團的人，是不是不能用這邊的傘架？」

這問題怎麼想都很奇怪，不過服務人員卻毫不遲疑回答了我。

「是的。我們希望能盡量讓來賓都能使用到傘架，因此拜託了各位進入休息室的人員使用休息室裡頭的傘架。」

「我知道了，非常感謝。」

「不會。若您還有其他疑問，還請不吝開口。」

她過於恭謹的對答讓我瞬間感到於心不安，離開了服務台。不過這下我總算知道方才那位年長女性爲什麼不把陽傘放在傘架上了。

「……」

這樣一來，我又可以再稍微縮小千反田的可能去向。至少不會是那個地方……

我低著頭回到「江嶋合唱祭」的招牌底下，打算再思考一段時間。走著走著就有人朝我大喊。

「我沒有要你抬頭向上看，但至少也要往前看啊，奉太郎！」

我一轉過頭，渾身大汗的里志就站在我剛才的位置。我看向手表，現在是四點十四分。從我剛才跟伊原說話到現在，還眞的只過了十五分鐘。希望他沒有太拚命。

「你好快。」

「會嗎？拿去，你點的貨來了。」

公車時刻表與路線圖皆使用漾著光澤的紙張印刷，折成掌心的大小。

「眞是辛苦你了。」

「別客氣，小事一樁。」里志皺起眉頭。「我聽摩耶花說過狀況了。千反田同學不見了啊？」

「據說是。」

「她不在學校。至少出入口沒有她的鞋子。這下事情麻煩了。」

「沒錯。」

我隨口回應，打開時刻表。

「千反田同學去了這座城鎮的某處，也沒有帶手機。她可能會去的地方，我心裡有一些眉目，但我沒時間一個個看了。奉太郎，這件事的舞台太寬廣了，感覺無從下手啊。」

里志拿過來的時刻表沒有精細到需要一一查看。一如我的預期，通往陣出的公車班次不多，白天一個小時才一班。我點了一下頭，將時刻表恢復原狀。

里志用手指抹去滴下的汗水說道。

「很不巧的是我接下來還有別的事，必須馬上過去。她可是千反田，我想不需要擔心……怎麼樣，奉太郎？你能縮小千反田的可能位置了嗎？」

「差不多吧。」

聽見我這麼回答，里志瞪大雙眼。看來他沒想過我會這麼回應。

「咦？等等。奉太郎你該不會已經知道千反田同學在哪裡了吧？」

「說我知道不太準確，但我大致有了眉目。我會找出來的。」

眞正的問題大概出在找到千反田以後。

我看向手表。距離千反田出場還有一個小時又四十五分。

里志的話確實有理。爲了找出不知去向的千反田而在神山市滴水不漏地搜查，一個星期都不夠用。地毯式搜索行不通，必須用更有效率且省力的方法。這個方法大概沒有里志想得那麼困難。

「你要怎麼找？」

被人直接這樣問，我還是答不上來。就算我不怎麼在意別人看法，要是自信滿滿爲自己的方法打包票，方法一旦行不通，多少還是會不好意思。

「不，我還是不太肯定。」

我隨口蒙混，正好也有要問里志的事，便強行轉移話題。

「對了……那個江嶋椙堂眞的是主流童謠作家，還可以跟人家並列什麼四天王嗎？」

里志大概也看出我在敷衍他，毫不在意地回答我。

「可能我說得有點誇張了。就算把鄉土愛加成算進去，我看實際上還是無法與白秋或雨情並論。」

「所以你口中的有點誇張，也根本不是『有點』那麼簡單嘛。」

里志無言地聳聳肩。我打開剛才在服務台拿的手冊。

「千反田她們要唱這首〈放生之月〉。」

「這樣啊。」里志匆匆一瞥歌詞，莫名服氣地點點頭。「原來是這樣。我也不是很清楚，不過江嶋椙堂原來是這種感覺。」

「說什麼這樣那樣，到底是怎樣？」

「用一句話來說……就是有點愛說教。」

原來如此。我也不禁點頭。有人幫我找出最適合形容在閱讀歌詞的瞬間所感到的疙瘩詞語，心情有點暢快。

「他大搖大擺地歌頌孝道、勤勞與正直這種價值觀。我記得有些書寫過他本人原本是和尚，歌詞間不自覺的說教感應該就是這麼來的。不知道是不是這個原因，他始終無法打進主流。大概就只有會知道的人才聽過他吧。」

「這樣居然也能舉辦他的紀念祭。」

里志回了我一個有點鄙夷的笑臉。「合唱團大多都會舉辦定期演奏會。我很懂既然要舉辦活動，就會想取一個響亮名稱的感覺。」

我不懂那種感覺，但里志的確感覺能懂。里志看一眼手表，微微地鎖起眉頭。

「我差不多該走了。好煩，突然多了無聊的外務。」

要是沒有這個外務我就能幫忙了。里志的弦外之音，連我也聽得出來。

「別在意……是什麼樣的外務？」

「這個嘛。」

雖然似乎沒什麼時間，里志卻滿懷興趣地回答我。看來他非常想找人抱怨。

「我堂哥夫妻來我家玩，我姪子有夠難搞。」

「堂哥的小孩也可以叫姪子喔？」

「正式名稱好像是堂姪。反正也可以叫姪子。他很愛下將棋，總是逼我陪他下。」

我不意外樣樣通的里志會下將棋。不對，里志豈止是會下，我記得他很強。中學畢業旅行晚上，他跟一個很自豪自己在市內將棋大賽得了第三名的同學下了一局，贏過對方。

「你就陪他下啊。」

「我贏他會哭，然後逼我陪他下到他贏爲止，連吃飯時間都不暫停。」

「……這還眞討厭。」

里志搖搖頭。「這倒無所謂。反正只要讓他就好。」

我在中學時代就認識這傢伙。他對勝利執著無比，爲了獲勝他可以利用規則的漏洞，即使害遊戲變得無趣也在所不惜。但我也知道他現在放棄了這種主義。

「那問題出在哪裡？」

「我要是不跟他親口說出我輸了，他就會笑我卑鄙，在那邊得意洋洋。」

將棋基本上就是王將被對方吃掉就算輸，但在此之前也可以先投降。一般來說投降時會做出認輸的宣告，這點知識我還知道。

「我只是陪他對局所以才讓他，但我如果說『是你贏了』或是『眞沒辦法』，我姪子會不滿意。但既然我都讓到自己死棋了，說不說出口又有什麼差。」

「你不想親口承認你自己輸了嗎？」

里志露出有點難堪的表情。

「我是希望他靠自己的實力逼我說出這句話。言不由衷的話很難啓齒。但這不過就是措辭的問題，他說我卑鄙也有道理，我也是還不夠成熟啦。」

剩餘時間分分秒秒都在流逝，實在不該提起這個話題，我還是不禁苦笑。

「我懂。我以前也在親戚的結婚典禮上……」

那是一場天主教的婚禮。我穿著中山裝的學生制服進入教會，聆聽神父講道。

……唔。

我猛然感覺到腦中閃過某種想法。我很難形容，就在我恍然大悟，繼續朝這個思路想下去的途中，它就像浪潮一樣消退無蹤。到底是什麼？將棋與婚禮在哪一點上會讓我如此在意？

「就是這樣，我要走了，奉太郎。」

里志的聲音讓我回過神來。「好、好喔。」

「希望可以找到千反田同學。沒辦法在這種時候幫助你，我眞的很過意不去。」

「不會。」

明明想法都還沒兜起來，我卻一個衝動告訴里志：

「剩下的交給我。」

里志瞪大了眼，接著含蓄一笑。

「好，交給你了。畢竟找得到躲起來的千反田同學的人，大概就只有奉太郎了吧。」

5

我回到二樓的A7，沒見到伊原。看來她一如宣言跑去附近找人了。

超過五坪的休息室中央放著摺疊椅，只有橫手女士坐著。而段林小姐待在窗邊，凶狠地瞪了進入室內的我一眼，立刻又失望地垂下肩膀。

「還以爲是她。」

我不由自主向段林小姐低頭致歉，她卻再也沒看我一眼，找上橫手女士發難。

「好了，橫手大姊，已經過一個小時了。我們還是跟她家聯絡吧。雖然現在找可能太遲了，但我們必須考慮請某個人來代唱獨唱。」

直到剛才段林小姐的語氣都有種暗指現在年輕人不像樣的惡意。現在這種討人厭的感覺沒了，她急巴巴地吊著雙眼，看上去單純是爲時間感到焦躁。時限將近，她會有這種反應也很自然。

橫手女士仍然一派從容地回答她。「是呀。但我想她會來的，就快了。再等一個小時就好。」

「妳又這麼說了……現在哪能這麼悠哉？我說橫手大姊啊，我來負責聯絡，妳快告訴我那女孩家裡的電話啦。」

哦。我一開始還不知道爲什麼她想要跟千反田家聯絡，還必須取得橫手女士的同意，原來是因爲她不知道號碼。千反田這個姓氏不常見，其實也可以去查電話簿。慢著。要是段林小姐找上橫手女士是爲了電話，我也很危險。

我察覺到這點準備轉身離開，卻爲時已晚。段林小姐轉頭環視一圈見到我，眉頭深鎖面露凶光朝我步步逼近。

「你是她同學吧。」

我立刻訂正她的說法。「我們不算同學，我們讀不同班。」

「有差嗎！」

「呃，是啦。」

的確沒差。

「你知道千反田家的電話號碼吧。」

眞傷腦筋。爲了方便社務聯絡，古籍研究社的社團彼此都會分享電話號碼，但我也沒熟到能背出來。我想不出隱瞞的理由，便據實以告。

「我有，可是我要回家看才知道。」

「你沒帶手機？」

「我沒有手機。」

段林小姐發出尖銳的吼叫聲。

「怎麼可能！」

就是有可能。我差不多該打發走這個人了。

我沒時間跟她一問一答，決定擺出真摯無比的表情出手。放手做就對了。

「對了，我知道千反田同學在哪裡了。她緊張到肚子不舒服，現在在休息。」

我突如其來的尋獲報告似乎跌破段林小姐的眼鏡，她吃驚地張大了嘴。

「就算放著不管她之後也會自己回來，但想必妳是因爲所剩時間不多才這麼擔心吧。我現在就去迎接她。」

冷靜一想就會察覺到可疑之處，沒有手機的我到底靠什麼方式與她取得聯絡？但段林小姐似乎沒懷疑，冷峻的表情一下子和緩起來。稍微安心下來的她開始爲自己的失態感到羞恥，態度莫名冷淡地回答我，就要離開休息室。

「這樣啊。那拜託你了。」

考慮到接下來的方便，段林小姐如果能自己離開是再好不過，但我還有話要問她。我叫住正要匆匆離去的她。

「請問……」

段林小姐對於自己爲什麼會被叫住毫無頭緒，愣了一聲。

「找我？還有什麼事嗎？」

「對。是一件小事。」

我邊說邊攤開在服務台拿到的手冊，指著〈放生之月〉的歌詞。

「請問千反田同學唱哪一段？」

段林小姐的眉頭再次緊鎖。

「你為什麼要問我這個？」

我原本還期待她能爽快地回答我不動聲色的問題，誰知道被反問了。

「關於這件事嘛。」我設法接話來拖延時間。該怎麼講……我大概過了三秒就想到搪塞的藉口。

「我們想拍下她獨唱的樣子來當社團活動紀錄照片，所以想知道她獨唱的時機。我也想過直接問本人，但我怕可能來不及。」

好像有點牽強。

「原來是這樣。好啊，我跟你說。」

似乎蒙混過關了。段林小姐的手指在歌詞上頭掃去。

「就是這裡。」

嗚呼　吾人何嘗　不曾想望

自由天空　寄吾生

「這邊要採用嘹亮的唱腔，因此是這首歌裡比較動聽的部分。比起拍照，錄影的效果應該會更好吧？」

段林小姐熱心提出建議，並看了我一眼。我當然沒帶相機或攝影機。段林小姐的表情微微僵硬起來。我發現她起了疑心，決定先發制人。

「非常感謝，我會去跟伊原說。」

伊原當然沒帶攝影機，段林小姐似乎沒想這麼多。

「好。」她接受我的藉口。「那我回表演廳，告訴大家找到人了。拜託你了。」

段林小姐離開房間，鐵門發出巨響關上後，A7休息室就剩我與橫手女士。原本可容納十幾個人的房間突然剩兩個人，空蕩蕩的室內感覺怪不舒服。

橫手女士深深地坐在折疊椅上，雙手放在大腿上。我來到這裡一個小時，她的姿勢完全沒改變。我甚至懷疑她是否連動都沒動過。然而她那雙先前流露出溫和與坦蕩的雙眼，現在正緊緊盯著我，宛如無聲地在責問我到底有何居心。

我走近橫手女士，站在她眼前點頭致意。

「我還沒自我介紹。我是折木奉太郎，與千反田同學就讀同年級，隸屬同一個社團。」

橫手女士的眼神瞬間游移了一下，立刻就恢復若有似無的笑容，點頭回應。

「你多禮了。我是橫手篤子。我腿有點毛病，恕我只能坐著。」

「好的，別在意。」

「謝謝。」

親切有禮的對答曇花一現。橫手女士的眼睛起來，聲音聽起來有些冰冷。

「折木同學，你說你知道千反田家的小姐在哪了。這是眞的嗎？」

我坦白回答。「不，我說謊。」

橫手女士似乎驚訝得說不出話，她張開嘴，又直接閉上。她目不轉睛地打量著我，最後喃喃說道。

「你說謊……」

「我想把段林小姐從這裡支開，所以騙她。」

「你爲什麼要這樣做？」

橫手女士雖然不解我撒謊的原因，看起來卻不是要責怪我說謊。當然，這個人自己沒有批評我撒謊的資格。

「因爲我有些事想請教您。」

「問我問題？你想問什麼？」

看一眼手表，現在快四點二十分了。時間不多，我沒有閒工夫旁敲側擊了。再說奉「必要的事盡快做」爲信條的我想開天窗說亮話。

「您說自己搭公車到文化會館這裡，跟千反田同學一起走進這個休息室，對吧。」

「對，我是這麼說的。」

開口要舉發他人總是需要勇氣。我沒有多少勇氣，只好微微別開視線開口。

「您說謊了。」

橫手女士的表情凍結了。

里志的話很有道理，地毯式搜索才找不出千反田，需要其他方法。而最簡單的方法不用說，就是去問知情的人。

橫手女士鐵定對千反田的行蹤撒謊。這個人知道內情。跟她問出情報，遠比踏遍神山市內的咖啡店或書店來得快。

橫手女士放在腿上的手明顯地繃得緊緊的。要是她現在乾脆承認，事情就好解決了，但想必希望不大。因爲我還沒能贏得這個人的信賴。

果不其然，橫手女士故作風涼地說道。

「什麼意思？」

我賭上一絲希望，再次向她套話。

「我沒時間耗了，可以請您撤回跟千反田同學一起搭車來的前提嗎？」

「但這件事是千眞萬確的。我眞不知道你爲什麼會這麼說。你這樣有點沒禮貌。」

遭到正面抵抗令我心情擺盪起來。我原本就不擅長協商與遊說，至今爲止的高中生活中，我總是盡可能將這些事推給里志或千反田。但現在這裡只剩下我，說沒時間也不是裝可憐，而是事實。我握緊拳頭鼓起勇氣。

「不對，我再重複一次，橫手女士您不太可能與千反田同學一起走進這個房間。」

「你是出於某種理由，才敢這麼誇口吧。」

「當然。這道理非常簡單。」我指向休息室門邊的傘架。「就是它。」

「門？」

「不是。當然是傘了。」

門旁邊有座容易翻倒的傘架，上頭插著一把黑傘。我進入這個房間時腳被絆到踢倒了傘架，匆匆忙忙扶起傘架時手被弄溼了。

「我家附近沒下雨，那把傘既然是溼的，想必是陣出下雨了。」

「這我應該提過。」

「沒錯，我也聽到了。您也說一起等公車的千反田同學拿著茜紅色的傘……而傘架裡沒有千反田同學的傘。這一帶雖然從早就烏雲密布，您聲稱兩位抵達的一點半左右也放晴了，千反田同學要是曾經來過這間休息室，很難想像她會帶傘前往其他地方。這樣看來千反田同學根本就沒來到這裡，而您說的話都是假的。」

橫手女士扶著臉頰。「不過就是傘架裡沒有傘，能斷言到這個程度嗎？傘架又不是只有這裡才有。」

「沒錯，一樓的風除室也有。然而館方也勸導演出人士盡可能使用休息室的傘架。」

「是盡可能，但不是完全。」

所有的規則都未必能完全被遵守，說到底一開始規則就不可能確實通知到每個人。而我對於這點心知肚明，仍然確定千反田沒過來。

「千反田要是一個人過來，或許的確可能沒聽到傘架的規定而使用了外頭的傘架。但根據您的說法，並不是這樣吧？您說兩位是一起來到這間休息室的。然而只有橫手女士遵守傘架的規定，千反田卻無視了，這狀況不太自然吧。大家都會自然被同伴的舉止所影響，更不要說千反田是守規矩的人了。」

橫手女士沒有回話。然而她看起來也沒有要吐實的意思，因此我先退一步。

「……即便如此，這還稱不上是足以證明千反田沒到場的證據。千反田也可能實際來到了這裡，卻又因爲一些理由想回家，認爲自己不會再到這間休息室來才把傘一起帶走。畢竟我們可以找到一個人到過某處的證據，但想找一個人沒到過某處的證據會困難許多。」

「是啊，你說得對。」

「對了，您似乎一直待在這間休息室。」眼看著她稍微放鬆的模樣，我突然轉變話題試探她。「明明其他合唱團員都去了演奏廳。」

橫手女士不悅地皺起了眉頭。

「這是我的自由。」

「您說的是。而您從剛才就對很擔心千反田是否準時趕上的段林小姐說出奇怪的話，大致是說她馬上就會來了。」

「我的判斷很奇怪嗎？」

我搖搖頭。「不會。您的判斷本身並不奇怪。」

「那你……」

「但是您的話裡還加了一個條件。您說她馬上就到，大概一個小時後就到。爲什麼是一個小時？您不是說再一下下、再過一陣子、她會趕上，而是說等上一個小時她就會來。光是我聽到的就有兩次，之前您似乎還說過一次，段林小姐也抱怨過。爲什麼不是半小時或兩小時，而是一小時？」

橫手女士也可能口頭禪就是「等一個小時」，但我想到的是別的可能性。透過里志得來的情報，更是加強了我對這項推測的自信。

一小時是怎麼來的？是表示什麼的時間？

「是公車吧。」

橫手女士雖然面不改色，肩頭卻感覺一口氣垂下了。

我攤開里志幫我帶來的時刻表。

「這是公車時刻表。爲了拿到這玩意，我朋友還騎腳踏車飆車，幸好他沒出事。根據時刻表，陣出到文化會館的公車班次很少，一小時一班。所以您才會要她等一個小時。我沒說錯吧。」

見到別開視線的橫手女士，我知道自己說對了。

「也就是說『等一個小時』其實是『等下一班公車來』的意思。千反田就要搭下一班公車來了，您抱持著這樣的期待，用這句話安撫想把事情鬧大的段林小姐，對吧？」

然而過了三個小時，千反田還是沒到。我很佩服橫手女士泰然自若的態度，但她心裡應該開始感到焦急了。

從我剛才的話推導出結論，可以大幅過濾千反田的所在之處。

「千反田還在陣出，對吧？」

……這句話成了關鍵。橫手女士視線飄忽不定移來移去，最終她輕嘆一口氣。橫手女士恢復高雅的微笑，做出宣言。

「正是。千反田家的小姐沒來這裡。我撒了謊。」

「如你所言，陣出上午在下雨。」橫手女士娓娓道來。「我撐著那把黑傘，千反田家的小姐撐著茜紅色的傘是眞的。我們一起上了公車也不是謊言。公車很空，我們坐在附近。在等公車的時候，我就注意到那孩子臉色很差。搭上公車以後更是變本加厲，不經意見到時，她是一臉慘白。我問她是不是身體不舒服，她只一個勁告訴我不要緊。我感到很心痛卻無能爲力，就在我注意著她的狀況時，那孩子突然按了下車鈴。

我壓抑著急迫的情緒維持沉默。我完全不知道線索在哪裡，此外我認爲默默聆聽是對被我強硬問話的人最低限度的禮儀。誰知道她形容的千反田的樣子，卻異常得讓我差點按捺不住。我從沒見過那傢伙一臉慘白。

我叫住準備下車的她。那孩子似乎想說些什麼，卻又不發一語微微向我點頭，快步離開了公車。我也想過要追上去，但實在不便多管閒事，就這樣來到了文化會館。」

橫手女士的話似乎到此爲止，我首先問了一件事。

「千反田看起來是身體不適嗎？」

橫手女士的回答只有一句話。「我也不知道。」

這問題問了等於白問。如果是出於身體不適而無法完成獨唱任務，她可以到文化會館來向合唱團員說明狀況，也可以先回家專心休息到最後一刻。她用不著逃也似地下公車。

千反田下車的理由，一臉慘白的理由，並非出於身體不適。我如此推測，進入正題。

「千反田是在哪個公車站下車的？您對她下了車以後會去哪裡有頭緒嗎？」

橫手女士對我的追問冷眼以待。

「你知道了要做什麼？」

「當然是去找她。」

「不需要這麼做。」橫手女士挺直腰桿如此斷言。「那孩子是千反田家的繼承人，她很清楚自己的責任。她中途下了公車只是一時迷惘，絕對會準時趕上。用不著白費功夫，相信她等待她就好。」

我抓起了頭。「……我是覺得她會來沒錯。」

橫手女士驚訝無比，一臉目瞪口呆。

「那你怎麼還說要找她？」

明知故問。

「因爲她應該很難受。」

「難受？」

「您還不懂嗎？」

我不知道繼承人過的是什麼樣的生活，但我知道她的責任感很強。千反田會從搭上的公車下車還消失無蹤，表示背後有非常嚴重的理由。而那個理由，我並不想用「一時迷惘」來形容。

橫手女士說得沒錯，那傢伙一定會在正式上場前及時出現。但那只是千反田與害她一臉慘白消失的理由交戰，設法靠責任感克制的結果。她告訴自己：我好想逃，但是我必須過去，我必須過去——這怎麼可能不令人難受？

歷經辛酸後能有人迎接，自然令人高興。所以我過去找她，也絕非是沒必要的事。

我沒跟橫手女士說明這些長篇大論，只簡短回覆了結論。

「我們朋友不是白當的。」

「……」

橫手女士對我投以幽暗的眼神。她似乎在斟酌我的話幾分可信。但我也沒有與橫手女士對立的理由。

「您會在這邊等待千反田，不也是想迎接她的到來嗎？」

橫手女士臉色大變。

「您待在這裡迎接她，而我們趕過去迎接她。您不覺得我們想做的是同一件事嗎？怎麼樣，您可以告訴我千反田在哪裡下車了嗎？」

「……你剛才是說『我們』嗎？」

嗯？問這個啊。

「這是因爲伊原也很擔心，要去當然就一起去，不然她一個人過去我也落得輕鬆。只是她先跑出去找千反田了，現在我要跟她會合可能不容易。畢竟快沒時間了，要是眞沒辦法，我也不會硬要找到她再過去……怎麼了嗎？」

「沒事。」橫手女士不知爲何掩著嘴，眼睛泛著笑意。此後她又恢復雙手放在腿上的姿勢，中氣十足地對我說。

「我知道了。雖然我覺得你說的話很自以爲是，倒也有幾分道理。再說儘管我深知那孩子會來，卻也開始著急起來了。我就告訴你吧。」

我點頭。

「……那孩子在陣出南的公車站下車。從這邊搭車過去，面向公車行進方向右邊的山邊，可以見到一座孤立的灰泥外牆倉庫。她如果在某處藏身，一定就是躲在這地方。」

橫手女士應該是在車裡目送千反田下車。公車在此之後想必也立刻就駛離了。

我不清楚道路到倉庫距離多遠，既然她都說是山邊了，應該或多或少有段距離。她還有時間見到千反田走到倉庫並進入嗎？事已至此我對橫手女士沒有疑心，但總覺得還有蹊蹺。

「您親眼見到了？」

橫手女士搖搖頭。「沒有。但我用不著看到也知道。」

她彷彿回想起幸福的回憶，表情都融化了。

「雖然沒在使用了，但那是我家的倉庫……那孩子年紀還小時常常躲在裡頭。」

我還以爲橫手女士只是住在千反田家附近的鄰居，既然千反田會把她家倉庫當成祕密基地，很難想像她們只是單純的鄰居。

「橫手女士是千反田的親戚嗎？」

「我是她姑姑。今天原本要先去千反田家一趟再過來。你別直接去倉庫，這樣觀感不好。你先去倉庫旁圍著植物圍籬的屋子，那間屋子掛著橫手的門牌。你進到圍籬內側以後，就從倉庫裡側繞進去吧。我家沒人，但要是你被人問起，就告訴對方你受去合唱祭的橫手之託來拿忘記的東西……喏，快去吧。」

橫手女士輕輕抬起手指著鐵門。

6

陣出是一塊被連綿山丘包圍的土地，位於神山市東北方。在行政區畫分上歸屬神山市，但前往陣出必須路經狹窄的山道，兩地的住宅區並不相連。

不論心理距離，既然千反田還能天天通學，兩地實際上應該不算太遠。雖然山道的起伏很折騰，飆腳踏車過去應該不到半小時就能抵達。手表顯示即將四點半。沒時間了。

正當我走出文化會館，心想大概還是只能騎車過去時，眼前的公車站正好有一台公車停下敞開大門，彷彿接送巨星的保母車。一切配合得太完美，害我瞬間動作都凍結了。搭車的確比騎腳踏車還快，也省去了尋找陣出南公車站的工夫，但很難相信我竟然幸運碰上一小時只有一班的公車。這真的不是某種陷阱嗎？

啊，對了。一定是行進方向不同。要是我搭上這輛幸運的公車，就會被陷害載到與陣出反方向的某地吧。我在千鈞一髮之際注意到這點，看向車體側面顯示的行進方向，上頭清清楚楚地寫著「往陣出」。

「不好意思，我要搭車。」

猶豫的時間延遲了我的行動，我不假思索出聲叫住看起來隨時都要發動的公車。我小跑步搭上車，在附近的座位入座嘆了口氣，車門發出了泳圈漏氣的聲音關了起來。

「車要開動了。」

公車隨著車內廣播緩緩開動。這輛車是下車付款。

我原本想在前往陣出之前找一下伊原，既然公車都來了也無可奈何。我還記得有個評論家在電視上呼籲大家不要錯過公車。不過我身上到底有沒有錢呢？我記得自己帶了錢包出門，找了一下口袋，最後我確定自己有張千圓鈔票。雖然成功避開了付不出車錢要靠洗碗還錢的未來，想買的文庫本大概要暫緩了。儘管不甘心，卻也無能為力。

公車的乘客包含我在內不足十人。離開文化會館的公車，不久後進入了舊街區。道路雖然狹窄流量卻很大，因此這一帶總是長期阻塞。我不經意望向窗外，艾草糰子很好吃的和菓子店、老闆年紀大手搆不到，因而清空最上層的書店、在我小時候從和服店轉行的洗衣店、菸鋪倒了以後蓋的便利商店，這些熟悉的景色一一流逝而去。

下一站的廣播響起，有人按了下車鈴。兩名乘客下車，一名上車。再下一站公車也停車了。我又想看手表，便強迫自己將視線從表面移開。我已經從幾項交通方式中選擇公車。看到時間當然會感到心急，但不管我再怎麼心急，也沒有比繼續搭下去還要快的移動方式。

隨後公車駛出市區。穿越同時可以給八輛車加油的加油站與有得來速窗口的漢堡店對望的十字路口，公車上了外環道加快速度。

我將手肘靠在窗邊望著外頭，腦中閃過很多念頭。

橫手女士一開始稱呼千反田為「千反田家的小姐」，過了一段時間，她開始在對話中稱呼千反田「那孩子」。我不太會解釋，但她絕不會在段林小姐面前叫她「那孩子」。要說她見外的確也很見外，但我感覺這兩者間的差異比聽上去還要複雜，顯示了某種外人不好批評的癥結。

橫手女士叫千反田「千反田家的小姐」，又叫她「千反田家的繼承人」，而在最後的最後坦白她是姪女。我不知道他們家的內情，也不打算探聽。但一想到我認識的神山高中古籍研究社社長千反田愛瑠還揹負著這些頭銜，我不知怎地就感到心裡作痛。

千反田下了公車。

到底是爲什麼？公車抵達目的地的期間，我無所事事，腦子繞著同一件事打轉。

連接陣出與神山的山道有好幾條，我騎腳踏車過去的路與公車走的路線不同。當公車開始朝意想不到的方向行進時，起初我還不知所措，在我發現走這條路也能到目的地以後，我沉沉地靠在椅子上等待到站。

隨後公車上了山。公車在橫斷山丘的人工邊坡包夾的蜿蜒道路或左或右不斷前進，每次轉彎我的身體也跟著左右搖晃，讓我想起去年此時在伊原安排下前往溫泉旅館那次的嚴重暈車。我不知道這個說法是否屬實，但聽說暈車的背後也有精神性要因，於是爬坡的期間，我編了一首〈暈車不可怕〉的歌在心裡反覆演奏。

發出巨響的引擎聲音稍微降低，過了彎道道路恢復直線，公車被久違的紅綠燈攔下，車內響起了女聲的廣播。「下一站陣出南、陣出南。」

我按下下車鈴。才因綠燈而開動的公車，沒行駛幾公尺再次降下速度，在完全停下後打開車門。這次換司機以奇特的節奏嘶啞。

「陣出——南……到了。」

我付了車錢下了公車，首先深呼吸了一口。我還覺得自己沒事，但似乎仍有點暈車，呼吸到新鮮空氣令人舒暢。之前聽說陣出下雨，不過地上沒見到雨跡。畢竟現在是七月，天空放晴，一點點水氣馬上會乾。然而定睛一看，剛才湛藍的天空已蒙上了一層烏雲。空氣中有種下雨的氣息。慘了，我沒帶傘。

我環視四周，發現公車過來的道路是從斜坡橫越而來。右手邊的山地高聳直上，左手邊則緩緩降下。放眼望去，寸土皆利用殆盡而打造的田園，吸收了夏天的熱氣顯得綠意盎然，民宅就像配角一樣零星散落，隔得遠遠。我判斷不出距離，但隔了老遠的地方地形再次上揚，蓊鬱山丘的另一端聳立著神垣內連峰，峰頂的萬年雪仍稍殘留。

「倉庫在……」

我喃喃自語，再次環視四周。橫手女士說行進方向的右手邊有座倉庫，也就是說倉庫位於斜坡上方。

我馬上就見到倉庫了。原本還擔心要是倉庫有好幾棟該怎麼辦，從陣出南公車站右手邊見得到的倉庫只有一棟，還不太遠。從這裡望過去，倉庫下半部被木圍牆遮掩無法辨識，僅見得到雙坡頂屋簷與疑似灰泥的白牆，以及二樓對開的門。我沒見到與倉庫一起的建築物，孤立在斜坡上的倉庫給人一種異樣感。

我快步橫越沒什麼來車的道路，正要直接前往眼前的倉庫時，這才想起橫手女士說的話。她要我行動時避人耳目。雖然理由無聊又令人生氣，但我無法忽視基於善意告訴我千反田所在之處的人的指點。我按照她的吩咐找起有植物圍籬的房子。

距離倉庫數十公尺的地方，有一棟類似的房子。那是一棟瓦頂的平房，植物圍籬的缺口間豎立著粗壯的木門柱。雖然比不上千反田家，但這裡也是一座雄偉的宅邸。

「要去裡面嗎……」

儘管徵得了住戶的同意，但不論我會不會怯場，這一切真的不是橫手女士的陷阱，我一踏進去屋內不會構成非法入侵，被繩之以法嗎？

我看向手表，現在是四點五十分。也就是說我搭了大概二十分鐘的公車。我檢視往文化會館的下一班公車到站時間，是五點十分。橫手女士說她一點上車，一點半抵達文化會館，應該只是大略的時間點吧。

「這樣還來得及。」

只要在公車抵達的這二十分鐘內，把千反田從那間倉庫拉出來即可。要是她不在裡頭……我也盡力了。伊原想必不會怪我。

我感覺到冰冷的東西打上臉頰。用手指一抹，是水。道路上黑色的痕跡一點一滴地增加起來。下雨了。

「開什麼玩笑。」

午後很容易下暴雨。今天我好歹鞠躬盡瘁一番，老天爺卻不容我有片刻喘息。我吸了一口氣，奔向植物圍籬環繞的宅邸。

7

我繞過橫手府邸的院子，來到倉庫前。

雨勢沒有一般午後雷陣雨那麼大，只有綿綿細雨。即使如此，眼前的景象仍在雨幕遮蓋下模糊起來。倉庫的屋簷很窄小，一點也不適合躲雨。幸好沒颱風，我才勉強在狹窄的屋簷下保持乾爽。多虧了木圍牆，我不用擔心被路人見到格格不入的高中生站在這邊莫可奈何。慶幸歸慶幸，這間房子的防盜設施也做得太差。不過橫手女士說這倉庫沒在使用了，或許她根本不在意。

我原本想像倉庫的門是塗上灰泥的厚重防火門，實際上是木製對開門。門扉由上至下釘了一列列足足有嬰兒拳頭那麼大的鐵門釘，看上去就很堅固。門上設置著用來掛鎖的門環，卻沒見到關鍵的鎖頭在哪裡。這應該表示門沒鎖。我摸著門釘喃喃自語。

「接下來該怎麼辦。」

首先我必須確認千反田是否真的待在這裡。我舉起手臂試圖敲門。

此時我聽見一陣優美的樂聲乘著雨聲而來。我將耳朵貼在門上。

——啊、啊、啊。

這是發聲練習。千反田在暖喉，以便上場時能及時發揮。我一察覺這點，便不由自主敲起門。

倉庫裡的聲音戛然而止。裡頭的人應該覺得很毛骨悚然吧。我彌補疏失而出聲叫喚。

「千反田，妳在嗎？」

我再度將耳朵貼在門上，卻沒聽見任何動靜。這次我繼續貼著耳朵道。「妳在裡頭嗎？」

我聽見她的回應，她的聲音在顫抖。「……折木同學？」

她在。她在這裡僅是橫手女士的推測，不在的可能性也很大，但看來我們賭對了。

千反田的聲音傳了過來。門看起來很厚重卻意外地薄，聲音聽起來出乎意料地近。

「你怎麼會到這裡來？」

她這是在問理由，還是在問方法？我搞不清楚，索性一起回答。

「伊原在找妳，所以我去幫忙，我在橫手女士的指點下來了這裡。」

「原來如此……」稍待一會，虛弱無力的聲音傳入耳中。「對不起。」

我沒道理接受她的致歉，決定裝作沒聽見。「我聽不太清楚，可以開門嗎？」

她答覆的聲音聽起來很遙遠。「……嗯。」

「妳不想見到我，我就不開了。對不起。」

聽說這間倉庫原本就是千反田的祕密基地。因為事態緊急，橫手女士才願意放行，要我進去裡面，我還是有些遲疑。反正雨不大，我不在乎繼續隔著門對話。正當我這麼想，千反田有些慌張地說了。

「我怎麼會不想見到折木同學！我只是……沒臉見你。」

沉默持續一段時間，千反田語帶自嘲地開口。「折木同學你一定瞧不起我吧。我身負責任卻拋下不管，一定也給大家添了麻煩。我這個人……真是差勁。」

我覺得很稀奇，卻絲毫沒有輕視她的意思。「妳雖然沒趕上兩點的公車，但妳也準備六點抵達會館吧？不然妳剛剛怎麼還在進行發聲練習？」

語音未落，千反田立刻逼問我。

「你聽到我練習了！」

「只聽到最後一點。」

「……」

「與其說是我刻意聽，不如說是聲音自己傳入耳中的。」

有段時間，我的耳中僅有雨聲。在狹窄的屋簷下對著門站立有些吃力，我將身子挨在門上。我清清喉嚨，緩緩開口。「怎麼樣，妳能去嗎？」

她小聲回應我。「……你怎麼不是直接要求我去？」

雖然千反田看不到，我還是聳了一下肩。

「妳如果去不了，也用不著勉強自己。段林小姐怒氣沖沖地說要找人代替妳。總會有一兩個會唱那段的人吧。」

「我沒辦法撒手不管。」千反田說出句話的語氣是前所未有的無力。

不知何時，眼前的木圍牆上出現一隻向上攀爬的蝸牛。我漫不經心地望著牠緩緩移動的樣子，開口說道。

「可是妳唱不出來吧？」

千反田一時之間沒有答覆，最後才戰戰兢兢地試探我。

「折木同學……你知道些什麼嗎？」

「沒有。不好意思，我說話太故弄玄虛了。我什麼都不知道。」

她的回應透著笑意。「這樣啊。是我太疑神疑鬼了。」

我腳邊的雜草被細雨打溼，被水滴的重量壓得微微垂下。木圍牆上的蝸牛看起來雖然還在爬，從剛才到現在卻一點也沒移動。

「我不知道整件事的全貌，但大致看出了一點端倪。」

爲什麼千反田會下公車？

她現在不知道什麼表情。耳邊傳來聲音，語氣宛如迫不及待要聽故事的孩子。

「請說吧。」

我說了又有什麼用？就算我眞的了解千反田懷抱的心結，這傢伙眞的能獲得任何一點救贖嗎？打從一開始就無法保證我的答案是對的。眞是愚蠢，我最好什麼也別說。

門的另一端靜悄悄地，彷彿她正屏息等待我開口。

我看看手表，距離公車到站還有一點時間。

我記得有個類似這狀況的神話（註）。那我扮演了什麼角色？智多星？大力士？還是靠滑稽的舞蹈讓門後的人開門的舞孃？也罷，既然她本人想聽，我也有猜錯讓她失望的覺悟了。要說就說吧。

「我在想是不是……」我吐了一口氣，仰望細雨不斷的昏暗天空。「妳家的人告訴妳用不著繼承家業？」

註：指日本神話中天岩户一節。傳說中須佐之男大鬧天庭，天照大神因而躲入天岩户中。眾神聽從思金神的計謀做出各種準備，女神天宇受賣命在天岩户外跳舞逗樂了諸神，引起裡頭天照大神的興趣。趁天照大神開門查看之際，天手力雄神將天照大神拉出天岩户。

僅有雨聲傳入耳中。沙沙的柔和雜音充滿了耳朵。

「……之前伊原不是說她碰上一件怪事，有家店的咖啡特別甜嗎？那天妳看起來很茫然，模樣不太對勁。我當時只覺得原來妳也會心不在焉，但回去的時候我剛好見到妳在讀的那本書。我記得清清楚楚。那是一本生涯規劃的書，一本談論高中畢業後該讀哪間大學，該做哪種工作，未來要成爲什麼人的書。」

我明明沒淋到雨，腳邊卻有點溼潤起來。寒意並未透過水分傳入體內。我身上濺到的是夏天的溫熱雨水。

「我們是高中二年級的學生，閱讀生涯規劃的書籍很自然。但我覺得有點奇怪。伊原跟里志可能需要生涯規劃，但妳不一樣。無論是新年參拜還是四月眞人雛偶祭，當時妳的一舉一動，全都是以千反田家的繼承人爲前提。妳的未來目標比所有人都還要早就決定好了……我很疑惑妳怎麼會到現在才茫然地看起生涯規劃的書。」

我依稀猜想千反田原本都決定好了要走的路，內心卻突然對其他無法選擇的選項產生興趣。然而今天發生了這樁失蹤案，讓我推導出了完全相反的可行性。

「然後到了今天合唱祭，起初我聽伊原說妳失蹤了，也只覺得背後可能有些理由。但是在尋人的過程中我見到妳負責獨唱的歌詞，突然靈機一動。」

我在文化會館找到的手冊上寫著歌詞。原本我還不知道千反田負責獨唱哪一段，後來跟段林小姐問到了。

「里志他說江嶋榾堂喜歡大搖大擺地歌頌政治正確的價值觀，他的作風太過說教才會無法躍升一線。」

——嗚呼，吾人何嘗不曾想望？自由天空寄吾生。

「妳負責的段落，必須坦然無比地唱出對自由的憧憬。」

將我讀歌詞產生的不協調感與千反田消失的理由連結起來的關鍵人物是里志。他說自己與親戚下將棋時，雖然不介意放水，卻不喜歡對方逼他親口說出「我輸了」。

「我也有類似記憶。以前出席親戚婚禮時，被逼著唱讚美歌。我來唱不過是做做樣子，其實只要照著歌唱一些耶穌萬歲聖母最棒的歌詞就好，但我就是覺得不對勁，很難唱出口。我明明就不信這個教，卻要讚頌這個教，總覺得我這樣愧對虔誠的天主教徒。」

說謊會造成內心的負擔。

「其他的歌就算了，妳偏偏現在就是沒辦法唱出嚮往自由的歌詞，對吧？」

千反田真的還待在打著門釘的門扉另一端嗎？她沒作聲，我也沒聽見動靜。我彷彿在自言自語繼續說下去。

「不知道這樣說是否恰當，之前妳的未來並不自由。雖然妳還保有部分自行安排的空間，最終妳還是無法逃過繼承千反田家這個結局。如果狀況沒有改變，妳應該還是唱得出來。實際上妳在練習時應該也能正常演唱，所以沒人反對把獨唱交給妳。狀況就是在這幾天之間產生變化。」

我猜大概就是在伊原提起過甜咖啡的前一天。

「如果妳在這幾天開始唱不了這段……應該就是因爲妳自由了。」

我沒聽見她承認，也沒聽見她否認。

「家人總是告訴妳現在還可以隨心所欲，但總有一天妳要成爲千反田家的繼承人，妳也自願擔下了這個命運。如果命運不再是這麼一回事呢？如果父母其中一人告訴妳不用繼承家業，要妳過自己想過的生活呢？」

如果橫手女士口中那名充滿責任感、一定會到場的千反田家繼承人，被剝奪了繼承人的職責呢？

「妳應該也不知道該如何是好吧。」

無事一身輕，拿節能當藉口混日子的我，絕不可能眞正了解千反田的心思。儘管不了解，我還是說出了推論而來的答案，眞是可笑。

「妳眞能在這種狀態下，在眾目睽睽下唱出嚮往自由的歌詞嗎？當然團員把關鍵的獨唱交給妳，妳是應該盡妳的職責。妳也給其他團員帶來了不便。妳應該要把自己的苦衷擺一邊，將私人情感與責任切割來上台唱歌。少耍賴了……這些都是頭頭是道的話，或許會有人這麼說。」

實際上應該會有人這麼說。那個人不會是伊原，也絕對不會是里志。即使如此，也還是有人會這麼說。

「但是我……就算我的胡思亂想歪打正著，我也不想責怪妳。」

我也沒有資格。

梅雨季老早就過了，寧靜的柔柔細雨卻沒有終止的跡象，也沒有增強。木圍牆上的蝸牛消失了。不知道牠是否一步步慢慢爬上了圍牆，還是掉進了草叢之間，反正我沒見到。

緊閉的門扉另一端，傳來了極細弱的聲音。

「折木同學。」

「是。」

「我家人現在才叫我過自由自在的生活……現在才叫我選擇喜歡的道路……現在才告訴我千反田家的事他們會想辦法處理，我不需要操心……」

千反田的口吻逐漸顯露出自嘲，最後她這麼說。

「這種遲來的羽翼，我不知道該拿它怎麼辦。」

語畢，倉庫不再有任何聲響。

一想到千反田揹負至今的責任，以及如今被宣告不需揹負這件事，我猛然有種衝動想使勁揮拳搥打。我想揮拳，揮到我的手都受傷流血爲止。

我看向手表，現在是五點六分。再過四分鐘，前往文化會館的公車就要來了。

我把該說的話都說出口了，該做的事也都做了。

接下來全要看千反田她自己，我無能爲力。

雨勢沒有增強也沒有減弱，濛濛細雨持續降下。

——倉庫之中再也沒有傳出歌聲。

解說

在日常之謎背後，那些青春的苦痛與掙扎
——《遲來的羽翼》解說

文／楊勝博

※本文涉及故事重要情節，未讀正文請勿翻閱

《遲來的羽翼》是「古籍研究社」系列的第六作，全書以六則短篇組成。分別從講述了奉太郎的過去、千反田和奉太郎的私下相處、福部里志對未來的迷惘、摩耶花化解對奉太郎的誤會、理解什麼才是眞正重要的事。以及奉太郎中學時期寫下的《跑吧！美樂斯》讀書心得，也讓我們看見奉太郎的其他才能。

不過，最讓讀者感到震撼的，應該還是同名短篇裡，千反田愛瑠遭遇的人生危機。沒有衝突就沒有改變，也難以讓角色重新檢視自己的內心。其實，這也是米澤穗信的刻意安排。正如他在一次訪談中提及：在本系列中，千反田一直是純粹爲推動劇情服務、毫無思想的機器。十五年後，我終於能寫進她的內心，寫出她究竟是怎樣的人。

千反田愛瑠的內心世界

作者的話聽來讓人有些意外，不過想想也的確如此。千反田總是扮演著推動奉太郎解開謎團的角色。即使身為視點人物、用第一人稱敘述，她也未曾面臨不同價值觀之間的衝突。面對問題，她往往以社長或家族繼承人角度，思考自己該如何行動，對自己內心的困擾卻總是點到為止。

偶爾表露內心情緒時，也只有曖昧不明的隻言片語。像是《冰菓》裡得知眞相之後的反應、《愚者的片尾》說自己不喜歡有死人的故事、或是〈看破眞面目〉裡對於兄弟姊妹的嚮往。千反田談心事總是欲言又止，我們也總是透過奉太郎的視角理解她。千反田的內心世界對讀者來說，始終是個難解的謎團。

因此，這次的故事，可說是千反田愛瑠的重大轉折。

在〈遲來的羽翼〉裡，總是完美扮演繼承人角色的千反田，居然從預定參加的合唱表演臨陣脫逃。在故事的最後，我們看見她不再隱瞞內心的想法，而是選擇向奉太郎述說一切：「我家人……現在才告訴我千反田家的事他們會想辦法處理，我不需要操心……這種遲來的羽翼，我不知道該拿它怎麼辦。」

藉此，讀者也能察覺，過去千反田那些欲言又止的話語，都暗示著她並非完全接受自己必須繼承家業的命運，而是依然有所掙扎。那些話語，千反田都只有讓奉太郎一人知道，也只有奉太郎知道對方爲此做了多少犧牲和努力。

也難怪，在知道眞相之後的奉太郎，會有如此激烈的情緒反應：「一想到千反田揹負至今的責任，以及如今被宣告不需揹負這件事，我猛然有種衝動想使勁揮拳搥打。我想揮拳，揮到我的手都受傷流血爲止。」即使，他知道這樣做根本於事無補。

不過，這種解開眞相卻也無能爲力的感受，在系列作裡也並非首次出現。像是《冰菓》裡千反田舅舅的遭遇、《愚者的片尾》裡違反作者本意的電影作品、《庫特利亞芙卡的順序》裡無法再現的漫畫搭檔組合等，都是如此。而種種無力感，終於在《遲來的羽翼》裡來到高峰，即使奉太郎自己知道這麼做根本於事無補。

在兩人相遇之後，千反田改變了奉太郎的灰暗人生，而奉太郎面對人生被徹底打亂的千反田，是否也能陪伴她走出困境？兩人好不容易貼近的距離，是否會因此有所改變？原先身分懸殊的兩人，是否會有不一樣的可能？也讓人對之後的故事發展有所期待。

主角群的過去、現在與未來

喜愛「古籍研究社」故事的讀者，或多或少都有察覺，從系列首作《冰菓》到第五作《兩人距離的概算》，都有一個核心主題，透過不同主題的鋪陳，也讓讀者對角色有了更深一層的認識。

首集《冰菓》的主題是「玫瑰色與灰色的對比」，或者說「生活方式的對照」；第二集《愚者的片尾》則是關於「認識自身的才能與不足」；這兩集的角色成長，主要集中在奉太郎對於自我的重新檢視，也爲他走出來自過去的枷鎖埋下伏筆。

第三集《庫特利亞芙卡的順序》的主題是「期待」，不論是期待他人或是回應他人的期待，都是成長必經的人生功課；第四集《繞遠路的雛偶》的主題是「愛情與執著」，除了里志與摩耶花的關係，也有奉太郎差點對千反田說出口的告白。

第五集《兩人距離的概算》的主題是「距離」，奉行節能主義的奉太郎，爲了解開他人對千反田的誤會，做出努力試著去理解他人，在心理上也更加靠近了千反田一些；而在第六集《遲來的羽翼》裡，奉太郎告訴千反田，關於他爲何成爲節能主義者的眞相。除此之外，原本誤會奉太郎的摩耶花，終於也看見了奉太郎的善良本質。

在〈那些沒映照在鏡子裡的〉一篇，摩耶花經過私下調查才發現，奉太郎當初之所以冒著被唾棄的風險，是爲了瓦解霸凌者隱含在設計之中的惡意。只是奉太郎從來不說。而在〈連峰可否晴朗〉裡，也能看見奉太郎的正義與體貼。也許，在摩耶花知道眞相之後，奉太郎終於能夠看見，里志口中奉太郎沒有注意到的「摩耶花笑容的價値」（語出《庫特利亞芙卡的順序》）吧。

談到正義感，在〈箱中的遺漏〉裡，看似對什麼事都滿不在乎的里志，也會主動對看不下去的事伸出援手，甚至爲此來拜託奉太郎。如果是過去那個好勝的里志，絕對不可能放下自尊這麼做（見〈手作巧克力事件〉）。歷經「十文字事件」後，他不再將在推理上勝過奉太郎爲目標，並期待對方能解開謎團。也許，未來里志也能和自己的信念妥協，心無窒礙地接受摩耶花的愛情。

最後，是摩耶花和漫研社的問題。在《庫特利亞芙卡的順序》裡，個性剛烈的摩耶花不想介入漫研社的內鬥之中，頂多在對方言論和自身信念牴觸時，才和提出意見的個人有所爭論。在〈我們的傳奇之作〉裡，升上高二的摩耶花被捲入其中，才終於理解在漫畫與漫研社之間，什麼才是眞正重要的事。

事到如今，「古籍研究社」全員似乎都藉著大小事件，讓自己羽翼未豐的翅膀，擁有在天空自由飛翔的力量。然而，原先看似羽翼豐滿，卻活在責任之中無法離開的千反田，在身上的重擔突然消失之後，才發現自己早已忘記如何飛翔，對人生充滿迷惘與不安。一如小說末尾在濛濛細雨中消失的歌聲一樣，讓人心中悵然若失。

靠著遲來的羽翼飛翔

千反田的未來也許讓人擔心，但「古籍研究社」的未來似乎仍要繼續。對米澤穗信來說，從出道以來經營至今的這部系列作，已成爲他生活的一部分。甚至在寫作過程裡，看見角色的過去與未來。米澤也向讀者說明，他已經完成系列作的結局構思，未來也會繼續完成奉太郎他們的故事。

在接下來的劇情裡，成長過後的奉太郎、里志和摩耶花，在千反田學習如何自由飛翔的過程裡，也許都能成爲她的幫助。就像在《愚者的片尾》裡，眾人在奉太郎因推理自負的時候，給予建言，讓奉太郎跳出自身盲點，解開最後的眞相一樣。在古籍研究社成員的陪伴下，千反田也許能在玫瑰色與灰色並存的現實人生裡，再次勇敢迎向未來的各種未知挑戰，靠著那雙遲來的羽翼展翅飛翔。

本文作者介紹

楊勝博／Readmoo專欄作家、故事雜食者。喜歡閱讀科幻、推理與奇幻小說，影集、電影、漫畫、動畫都是每日的精神食糧。文章散見於紙本與線上媒體，著有科幻研究專書《幻想蔓延：戰後台灣科幻小說的空間敘事》。

國家圖書館出版品預行編目資料

遲來的羽翼／米澤穗信著；Rappa譯. -- 初版.--.
臺北市：獨步文化, 城邦文化出版：家庭傳媒
城邦分公司發行,　民107.2
　面　；　公分. --（日本推理名家傑作選；
55）

譯自：いまさら翼といわれても

ISBN 978-986-95724-6-0（平裝）

861.57　　105017861

ISBN 978-986-95724-6-0
Printed in Taiwan

日本推理名家傑作選 55

遲來的羽翼

原著書名／いまさら翼といわれても
作者／米澤穗信
原出版社／角川書店
翻譯／Rappa
責任編輯／詹凱婷
行銷業務部／詹凱婷、徐慧芬
編輯總監／劉麗真
總經理／陳逸瑛
榮譽社長／詹宏志
發行人／凃玉雲
出版／獨步文化
　城邦文化事業股份有限公司
　台北市中山區 104 民生東路二段 141 號 5 樓
　電話：(02) 2500-7696
　傳真：(02) 2500-1967
發行／英屬蓋曼群島商家庭傳媒股份有限公司
　城邦分公司
　台北市中山區 104 民生東路二段 141 號 2 樓
讀者服務專線／(02)2500-7718; 2500-7719
24 小時傳真服務／(02)2500-1990; 2500-1991
服務時間／週一至週五：09:30～12:00
　13:30～17:00
讀者服務信箱／service@readingclub.com.tw
劃撥帳號／19863813　戶名／書虫股份有限公司
香港發行所／城邦（香港）出版集團有限公司
香港灣仔駱克道 193 號東超商業中心 1 樓
電話／(852) 2508-6231　傳真／(852) 2578-9337
E-mail／hkcite@biznetvigator.com
馬新發行所／城邦（馬新）出版集團
Cite (M) Sdn Bhd
41, Jalan Radin Anum, Bandar Baru Sri Petaling,
57000 Kuala Lumpur, Malaysia
電話：(603) 90578822　傳真：(603) 90576622

封面設計／張裕民
排版／游淑萍
印刷／中原造像股份有限公司
□2018 年 2 月初版
□2023 年 6 月 28 日初版 14 刷
定價／360 元